KB048982

물에서 나온 새

정채봉전집중단편 1

물에서 나온 새

정채봉 글 • 김동성 그림

샘터

소녀가 나무에게 물었다.
"사랑에 대해 네가 알고 있는 것을 들려다오."

나무가 말했다.
"꽃 피는 봄을 보았겠지?"
"그럼."

"잎 지는 가을도 보았겠지?"
"그럼."

"나목으로 기도하는 겨울도 보았겠지?"
"그럼."

나무가 먼 산을 바라보며 말했다.
"그렇다면 사랑에 대한 나의 대답도 끝났다."

_나무의 말, 정채봉 詩

차례

어
린
새

봉출산 기슭의 봉황리를 아시는지요?

새 중의 새 봉황이가 사는 곳이라고 해서 봉황마을이라고 부르고 있지만 봉황을 보았다는 사람은 아직 한 사람도 없지요.

이장집에서 머슴살이를 하는 곰보영감이 어렸을 적에 그 시절 어른들의 할아버지의 할아버지가 보았다는 말을 들었다 했어요.

봉황은 닭의 머리에 뱀의 목과 제비의 턱을 가졌대요. 등은 거북의 등이고 꼬리는 물고기의 꼬리 모양인데 키가 사람만한 새가 훨훨 날면서 다섯 가지 소리로 울었다 했어요.

그러자 사람들에게마다 명주 같은 마음이 찾아 들어와 세상의 모든 싸움이 다 그쳤대요. 그리고 감옥이란 감옥은 텅텅 비고 임금님이 백성들과 어울려 춤을 추는 세상이 되었다지 뭐예요.

허수아비는 이 이야기를 곰보영감으로부터 들었지요. 이장집 마당가에 있는 석류나무 아래에서였지요.

곰보영감은 작대기를 십자로 엮은 다음, 윗부분에 짚을 한줌 머리 모양이 되게 둘렀어요. 그러고는 거기를 하얀 헝겊으로 씌우고 눈, 코, 입, 귀를 그려 넣었어요.

이때 허수아비는 이제 막 생겨난 눈으로 곰보영감을 에워싸고 앉은 아이들을 보았어요.

곰보영감은 아이들한테 봉황 이야기를 끝내고 있었어요.

"그런데 봉황이 나타나려면 예천이 먼저 생겨서 단물이 난단다."

눈이 크고 검은 아이가 물었어요.

"예천이 무엇인데요?"

"봉황이 마시는 물이야."

"그럼 봉황의 먹이도 딴 새와 다른가요?"

"아암, 봉황새는 대나무 열매를 먹지."

이번에는 코가 펑퍼짐한 아이가 물었어요.

"잠은 어디서 자는가요? 잠자는 곳도 다른 새들하고 다르나요?"

"봉황은 오동나무가 아니면 깃들지 않아."

머리를 두 갈래로 땋은 여자 아이가 또 물었어요.

"할아버지, 그런데 봉황이 나타나면 마음이 찾아온다는 말은 무슨 얘기예요?"

곰보영감은 허수아비한테 테가 떨어져 나간 밀짚모자를 씌우면서 대답했어요.

"사람들이 자기의 본 마음만 잘 지키고 살면 이 세상은 살기 좋은 곳이 되는 거야. 그런데 사람들은 대개 싫어도 좋은 듯, 좋아도 싫은 듯 그저 돈이 많이 생기고 자리가 높이 되는 일이라면 거짓된 짓을 마구 하지. 그래서 그런 사람들을 일컬어 허수아비라 하는데 정작 이 허수아비한테 마음이 들어가면 어떻게 되겠니?"

"진짜가 되지요."

"그래, 봉황이 나타나면 이런 가짜 허수아비도 진짜가 되는 거야. 그러니 얼마나 살기 좋겠니?"

석류꽃이 두어 송이 더 벌어졌어요. 아이들은 저마다 숨을 크게 들이마시며 대문 밖으로 나갔어요.

아이들이 보이지 않은 한참 뒤에 허수아비의 가슴은 갑

자기 두근거렸어요. '봉황이 나타나면 진짜가 된다.' 는 말을 그제야 알아들은 거지요.

곰보영감은 허수아비한테 헌 저고리 하나만을 입혔어요. 그리고는 허수아비를 어깨에 메고 재를 하나 넘었어요.

오리나무 숲길을 빠져 나가자 산자락이 바람 머금은 파도처럼 주름져 있는 계곡이 나타났어요. 멀리 계곡 아래에는 고양이 걸음을 걷는 실바람까지도 소리를 나게 하는 대밭이 있었어요.

그날부터 허수아비는 대밭골에 있는 이장네 조밭을 지키게 되었어요.

처음 얼마 동안 허수아비는 밭에 들새 산새들이 앉으려다가는 저를 보고 깜짝깜짝 놀라서 도망가는 것이 재미있었어요. 산토끼가 깡충깡충 다가왔다가 화들짝 눈이 복숭아만해지며 '걸음아 날 살려라.' 하고 내빼는 것을 볼 때는 데굴데굴 굴러다니며 웃고 싶을 정도였어요.

그러나 차츰 날이 가면서 그런 일이 자주 있게 되자 허수아비는 시들해지고 말았어요. 새들과 들쥐, 심지어 여치, 베짱이까지도 허수아비를 피해 다니는 것이었으니까요.

허수아비의 가슴은 때로 성큼성큼 저미기도 했어요. 길을 잃은 들새도, 배고파하는 산새도 모두 불러서 쉬어가게 하고 싶고 조 이삭이라도 먹여 보내고 싶었어요. 그러나 허수아비는 가짜이기 때문에 생각하고는 정반대로 금방 새들을 잡아먹을 것 같은 표정을 하고 있어야 했어요.

'내 빈 가슴 속에 마음이 들어와 진짜가 된다면 내 생각과 똑같은 얼굴을 할 수 있을 텐데……'

허수아비는 날마다 봉황 생각을 하면서 닭의 머리에 뱀의 목과 제비의 턱을 가진 봉황을 기다렸어요. 그러나 봉황은 물론 곰보영감도 오지 않는 것이었어요. 곰보영감은 유월 장마가 걷힌 뒤 기침을 심하게 하면서 다녀가고는 소식이 없었어요.

조밭은 조보다도 잡초가 더 무성했어요. 허수아비는 잡초에 치여서 여위어 가는 조를 볼 때는 그만 주저앉고 싶었어요.

하지만 허수아비는 참았어요. 여름날, 천둥과 함께 쏟아진 소나기한테 입과 코를 반쪽씩 떼이는 아픔도 견디었어요.

어느덧 가을이 왔어요.

푸르던 억새의 머리카락이 하나 둘 하얗게 세고 먼 산 봉우리에서부터 단풍의 빨간 물이 번져 내려오기 시작했어요.

허수아비가 여름내 지켜왔던 조들도 고개를 숙였어요. 잡초들한테 그렇게 시달리면서도 여물이 든 조가 허수아비는 여간 신기하지 않았어요.

허수아비는 바빠졌어요. 새들이 익어 가는 조를 보고 그냥 지나려고 하지 않으니까요. 잠깐 한눈을 팔면 어느새 가장자리의 조를 쪼고 도망가는 것이었어요.

허수아비는 어서 곰보영감이 와서 조를 걷어 가 주었으면 했어요. 새들하고 눈싸움을 하기에도 지쳐 있었거든요.

차츰 비어 가는 들판에 달빛이 차 오르기 시작하는 추석 무렵이었어요. 허수아비는 들국화가 피어 있는 공동묘지 길로 상여가 지나는 것을 보았어요. 상여 뒤에는 아이들이 따르고 있었어요. 눈이 크고 검은 아이와 코가 펑퍼짐한 아이, 머리를 두 갈래로 땋은 아이도 있었어요. 허수아비는 단번에 그 상여가 곰보영감의 것이라는 것을 알았어요.

황천길이 멀다 해도

문턱 밑이 황천일세

어노 어노 어이 가리 어어노

상여도, 아이들도, 상여꾼 소리도 산굽이를 돌아갔어요. 스산한 가을 바람만이 말라 가는 조잎을 서걱이게 하는 것이었어요.

허수아비는 울음을 터뜨렸어요. 석양 속에서, 달빛 속에서 허수아비는 외로움과 그리움, 그리고 기다림에 지친 눈물을 흘렸어요.

허수아비가 울어 버린 저녁부터였어요. 허수아비는 발가락 사이로 실낱 같은 물줄기가 흐르고 있는 것을 보았어요. 그것은 허수아비의 빈 가슴이 외로움과 기다림을 이기지 못하고 흘려 보내는 슬픔 같은 여림이었어요.

그러던 어느 날이었어요. 안개가 가득 낀 날이었지요. 허수아비는 안개 속에서 발바닥이 간지러워지는 것을 느꼈어요. 간혹 달팽이가 쉬어 간 적은 있는데 달팽이의 끈적거림하고는 다른 것이었어요.

16

대밭골을 거쳐온 바람이 안개를 봉출산 중턱으로 밀어 올렸어요.

"아니, 넌 누구냐?"

발 밑을 내려다본 허수아비는 깜짝 놀랐어요. 어린새 한 마리가 거기에 있었거든요.

"당신 발 밑에서 솟아나는 물을 먹으러 왔어요."

"뭐라구? 넌 내가 무섭지도 않니?"

"무섭지 않아요. 당신은 험상궂은 표정을 하고는 있지 만, 가슴이 빈 가짜니까요."

"뭐야? 내가 널 잡아 혼낼 수도 있어. 날 얕잡아 보았다 간 큰코 다친단 말이야."

"거짓말이에요. 당신은 마음이 없으니까 그렇게 할 수가 없어요."

허수아비는 한숨을 땅이 꺼지게 쉬었어요. 자기의 비밀을 들켜 버렸으니까요.

"도대체 넌 누구냐?"

"저는 아직도 한참이나 더 자라야 하는 어린새예요."

"넌 나의 비밀을 다 알고 있으니까 이 밭의 조도 다 먹어

치우겠구나."

"나는 조는 먹지 않아요. 다만 당신의 발 밑에서 솟아나는 이 물을 마실 뿐이에요."

"정말이냐? 그렇다면 물 말고는 또 무얼 먹고 사느냐?"

어린새는 대답하지 않았어요. 그저 초롱한 눈으로 비어 있는 허수아비의 가슴을 뚫어져라 쳐다보기만 하는 것이었어요.

다음날부터 어린새는 아침 저녁으로 한 번씩 찾아와서 허수아비의 발 밑에서 나는 물을 먹고 가곤 했어요. 그런데 어린새는 올 때마다 바보이거나 병신인 새들을 데리고 왔어요.

"저기 저 바위종달이는 부엉이한테 놀래서 바보가 된 새예요. 저기 저 머슴새는 장난꾸러기 아이가 던진 돌에 맞아서 다리가 부러진 새이고요."

"너는 성하지 못한 새들하고만 친하구나."

"그래요. 불쌍한 저 새들이 행복해지는 것이 제 꿈이에요. 당신의 희망은 무엇인가요?"

"나는 내 마음을 갖추어서 진짜가 되는 것이야."

"그러면 이 새들을 잘 돌봐 주세요. 내가 당신의 소원을 들어 드릴게요."

"뭐라구? 네가 내 소원을 들어 준다구? 그럼 너는 봉… 봉……"

"쉿, 조용히 하세요. 저는 아직도 한참을 더 자라야 하니까요."

허수아비는 파란 하늘을 나는 것 같았어요.

'이제 곧 내 빈 가슴 속에 마음이 들어오게 된다. 그렇게 되면 마음껏 소리를 지를 수 있고, 다니고 싶은 곳을 마음대로 다니게 될 것이 아닌가.'

그런데 이상한 일이 일어났어요. 허수아비의 가슴에 외로움과 그리움이 가득 찼을 땐 퐁퐁 솟아나오던 단물이 가슴이 편해지고 자랑으로 부풀게 되자 더 이상 발 밑에 고이지 않았어요.

어린새가 와서도 물을 마시지 못하고 돌아가는 날이 잦아졌어요. 그러나 어린새는 투정을 부리거나 우는 일이 없었어요. 뱀을 닮은 목을 빼어 먼 하늘이나 보고 가는 것이 고작이었어요.

허수아비는 가난한 가슴 속에만 단물이 나온다는 것을 깨닫지 못하고 있었어요. 바보새들과 병신새들이 물을 많이 먹기 때문이라고 애꿎게 새들만 원망했어요.

동쪽 하늘에 놀이 붉게 뜬 날이었어요. 매가 한 마리 조밭 위에서 맴돌았어요.

순간 허수아비는 엉큼한 생각을 하였어요. '매가 바보새들과 병신새들을 잡아먹어 버리게 하자. 그렇게 되면 어린새 혼자서 물을 많이 먹고 어서어서 자라게 될 거야.'

허수아비는 일부러 한눈을 팔고 있었어요. 먼 산 소나무나 보고 고개 넘어가는 구름이나 보았어요.

매는 기회를 놓치지 않고 쏜살같이 내려왔어요. 내려올 적마다 바보새들을 한 마리씩 채 갔어요.

밭 주인인 이장이 나타난 것은 이날 오후였어요. 이장은 허수아비의 머리 위에 뜬 매와 바보새들의 짹짹거리는 비명을 듣고 화를 벌컥 내었어요.

"망할 놈의 허수아비같으니라구, 새를 쫓기는커녕 새를 불러들이고 있었구먼. 곰보영감 하는 짓은 모두가 저렇다니까."

이장은 들고 있던 낫으로 허수아비의 발목을 찍었어요. 그리고는 허수아비의 옷을 벗겨 버리고 허수아비의 머리며 가슴을 헤쳐 버리는 것이었어요.

허수아비는 결국 진짜가 되지 못하고 이 세상에서 사라지고 말았어요. 이뤄질 듯한 꿈을 순간의 잘못으로 영영 놓치고 만 것이에요.

며칠 후, 허수아비가 서 있던 밭 한가운데 거북이 등을 한 작은 새 한 마리가 부리를 땅에 박고 죽어 있었어요. 이 새가 봉황리에 났다가 채 자라지 못하고 죽은 봉황새라는 것을 아는 사람은 아무도 없답니다.

1983.6

꽃
다
발

며칠을 계속해서 비가 쏟아졌습니다. 밤낮을 가리지 않고 천둥과 번개가 쳤고, 강에서는 강둑이 터질 듯이 물 흐르는 소리가 크게, 크으게 들려 왔습니다.

어른들은 하늘에 구멍이 뚫려도 큰 구멍이 뚫린 모양이라고 야단들이었습니다. 한수는 어른들의 그런 말이 참 우습게 여겨졌습니다. 하늘에 구멍이 났다면 별들이 먼저 쏟아져 내려올 것이 아니냐고 자꾸만 말하고 싶은 것을 꾹 참았습니다.

하늘 어디에 숨어 있다가 한꺼번에 저렇게 길 없는 하늘 사이를 이어 오는 것인지, 비는 정말 놀랍고 신비로웠습니다.

한수는 새삼 하늘을 올려다보았습니다.

오늘은 아침녘에 비가 좀 멎는가 하였는데 검고 두꺼운 구름이 북쪽으로 밀려 올라갔습니다. 틈틈이 파아란 하늘이 내다보이고 미루나무 사이로 비껴드는 햇볕은 한결 싱

싱했습니다.

처마 밑의 어미제비가 새끼제비를 모두 데리고 나가 앉아서 '지지배배 지지배배' 노래하는 빨랫줄에는 파랗고 노란 옷가지들이 펄럭이고 있었습니다.

한수는 고추잠자리를 잡으러 갈 생각을 하였습니다.

뒤뜰에서 길고 곧은 댓가지를 찾아 잠자리채를 만들고 있을 때였습니다.

밖에 나가셨던 한수 어머니가 급히 사립문을 열고 들어오셨습니다.

"그거 좋겠다. 이리 주라."

어머니는 한수의 손에서 댓가지를 잡아채 갔습니다.

"엄니, 뭘 할랑가?"

한수는 어리둥절하여서 물었습니다.

"니는 몰라도 되는 것이여."

어머니는 댓가지 끝에 한수가 애써 매달아 놓은 그물 주머니를 떼어 버렸습니다.

한수는 금방 울상이 되었습니다.

그러나 어머니는 한수의 표정은 아랑곳하지 않고 댓가

지 끝에 낫을 꽁꽁 매달았습니다.

마을 앞 샘에 어머니가 두레박을 빠뜨리셨나 보다고 한수는 짐작하였습니다. 그렇다면 지난 공일에 영희가 떨어뜨린 주전자도 건져 달래야지.

한수는 어머니의 뒤를 따라 나섰습니다. 그러나 어머니는 벅수물 샘터를 그냥 지나쳤습니다. 먹뱅이재를 넘었습니다. 어머니가 가신 곳은 동들 건너에 있는 강가였습니다.

강둑에는 마을 어른들이 망초꽃처럼 하얗게 모여서 웅성거리고 있었습니다. 가까이 가 보니 한수 어머니처럼 모두들 낫이나 갈퀴를 매단 기다란 작대기로 강물 위에 갈퀴질을 하고 있었습니다. 시뻘건 강물에 춤추듯 굼실굼실 떠내려오는 물건들을 건지느라고 그러는 것이었습니다.

벌써 영철이 아버지는 커다란 통나무 세 개를, 민수 어머니는 함지 둘을 건져 놓고 있었습니다.

범일이 아버지와 용자 삼촌은 새끼돼지 한 마리를 앞에 두고서 서로가 자기네 것이라고 얼굴을 붉혀 가며 우겨

대고 있었습니다.

"요 작대기가 쬐끔만 길었으면 되는 것인디."

막 떠내려오는 고리짝을 보고 쫓아가셨던 어머니가 민수 어머니한테 밀려나고서 중얼거리는 말이었습니다.

영철이 아버지가 반닫이 하나를 건져 오고 있는 것이 보였습니다.

무슨 물건이 하나씩 떠내려올 적마다 마을 사람들은 한 발이라도 먼저 물 속에 덤벼들려고 서둘렀습니다.

이것을 보고 있던 어머니도 치마를 허벅지 위에까지 걷어올리고 강에 들어갈 채비를 하였습니다.

한수는 어머니의 손을 붙들었습니다.

"엄니, 들어가지 마소. 어이 엄니."

어머니는 한수의 손을 냅다 뿌리쳤습니다.

"야가 어찌 이런다냐? 얼른 집에 안 갈래."

어머니가 하도 무섭게 눈을 부릅뜨고 나무라는 바람에 한수는 뭐라고 말을 더 할 수가 없었습니다.

마침 강물에는 풀잎을 덮어 쓴 초가 지붕이 떠내려오고 있었습니다.

어른들은 '와' 함성을 질렀습니다.

지붕 뒤에 많은 살림살이들이 떠내려오는 것이 보였던 것입니다.

농이며, 평상, 경대, 절굿공이며 심지어 장고까지도.

물건들을 건져 내느라고 소리소리 지르는 어른들 틈을 벗어나서 한수는 홀로 강둑을 따라 내려갔습니다.

노랑할미새 한 마리가 초롱초롱 울면서 한수의 곁을 스쳐 갔습니다.

노랑할미새가 날아간 강 건너쪽에서 무지개가 아질아질 피어나고 있었습니다.

저 멀리 둑 위로부터 어른들이 떠드는 소리가 가늘게 들려 왔습니다.

또 무슨 큰 물건이라도 내려오는가 보다고 한수는 생각하였습니다

둑이 무너져라 밀려 오는 강물은 '콸콸 우르르 콸콸' 소리를 내면서, 높고 낮은 물굽이를 이루며 빠르게 흘러가고 있었습니다.

한수는 호주머니에서 낙서한 종이를 찾아 냈습니다. 배

를 접었습니다.

종이배의 돛에는 '꿈'이란 글자가, 뱃머리에는 '바람' 그리고 몸체에는 '해'와 '솔'이란 글자가 내다보였습니다.

꿈과 바람과 해와 솔이 적힌 종이배를 강물에 띄우려다 말고 한수는 강둑에서 강아지풀 하나를 꺾었습니다. 그러고는 강아지풀을 종이배에 실어서 강물에 띄웠습니다.

강아지풀을 실은 종이배는 뒤뚱거리면서도 용케 넘어지지 않고 세찬 강물을 따라 아래로 아래로 떠내려갔습니다.

물살이 갈라지는 곳에 이르러서도 엎어지지 않았습니다.

종이배를 한참 쫓아가던 한수는 저도 모르게 우뚝 멈추어 섰습니다.

아.

종이배가 스쳐 간 물결 위로 붉은 꽃 몇 송이가 한수 쪽으로 둥둥 떠내려오는 것이 보였습니다.

한수가 잠깐 꽃에 정신을 판 사이에 종이배는 어디쯤 내려갔는지 보이지 않았습니다.

한수는 종이배가 어디에 가든지 언제나 무사하기를 마음속으로 빌면서 꽃을 향해 손을 뻗었습니다.

그러나 꽃에 닿기에는 한수의 팔은 어림도 없었습니다.

한수는 바로 옆 바위 가에 걸려 있는 버드나무 가지를 주워 들었습니다.

허리를 쭉 펴서 꽃이 있는 데로 나뭇가지를 뻗었습니다.

그런데도 꽃은 나뭇가지 끝에 닿을 듯 닿을 듯하면서도 걸리지 않았습니다.

한수는 조금씩 조금씩 발을 아래로 내디뎠습니다.

강물이 찰싹 한수의 발 밑을 쳤습니다. 뚫어진 고무신 틈으로 물이 흠뻑 스며들었습니다.

꽃은 물살에 떠밀려서 한수가 내민 나뭇가지 옆으로 비켜 가려고 하였습니다.

한수는 발뒤꿈치를 치켜들었습니다.

마침내 꽃이 나뭇가지에 살짝 걸렸습니다.

한수는 조심스레 숨소리조차도 죽이며 꽃을 제 앞으로 가만가만 끌어당겼습니다.

꽃은 작은 꽃바구니 안에 금방 누가 놓아 둔 것처럼 꽃
잎 하나 흐트러지지 않게 담겨져 있었습니다.

꽃을 집어 든 한수는 기쁨으로 가슴이 마구 뛰었습니다
꼭 누구한테 커다란 선물을 받은 것마냥 기뻤습니다.

꽃바구니에는 물 밖으로 내다보이던 붉은 작약꽃 말고
도 하얀 찔레꽃, 그리고 옥잠화가 한아름 묶여 있었습니다.

저 먼 어느 산마을의 이름 모를 동무가 놓친 것일까, 아
니 작은 물줄기가 시작되는 마을에서 누군가가 떠내려보

내 준 거라고 한수는 생각하였습니다.

이 아름다운 꽃다발을 내려보낸 사람은 누구일까. 한수는 몇 번이고 그 사람을 머릿속으로 그려 보았습니다.

한수는 길가에 쪼그리고 앉아서 땅바닥에다 사금파리로 그림을 그렸습니다. 그림 하나가 다 되었습니다. 그것은 둥근 얼굴에 두 갈래로 머리를 땋은 여자아이였습니다.

그림 하나가 또 되었습니다. 그것은 언젠가 동화책에서 본, 한복 저고리와 치마를 길게 입은 누나였습니다.

한수는 일어서서 그림을 보고 고개를 까닥해 보였습니다. 그러고는 꽃다발을 가슴에 안고 깡충깡충 뛰면서 집으로 향했습니다.

아직도 콩콩 뛰고 있는 가슴을 꽃다발을 안은 오른손으로 누르며 왼손으로 사립문을 열었습니다.

그런데 한수네 마당에는 웬일인지 마을 사람들이 몰려와 수군거리고 있었습니다.

영철이 아버지도, 민수 어머니도, 그리고 범일이 아버지와 용자 삼촌의 얼굴도 보였습니다.

한수가 들어가자 모두들 한수의 얼굴을 바라보며 길을 터 주었습니다.

한수는 급히 방 안으로 들어갔습니다. 그러나 한수는 어머니의 옥색 고무신이 한 짝 놓여 있는 곁에 제 고무신 두 짝을 나란히 벗어 놓는 것을 잊지 않았습니다. 한수의 신도 어머니의 신도 모두 물에 젖은 채였습니다.

"엄니, 꽃 보소잉. 강물에서 건져 왔소."

안에서 한수의 울먹이는 목소리가 밖으로 흘러나왔습니다.

밖에 있는 어른들은 고개를 숙였습니다.

한수는 온몸이 젖어 누워 있는 어머니의 가슴 위에 꽃을 가만히 안겨 주었습니다.

"쯧쯧, 뒤주 하나 건질라다가 하마터문 저리 귀한 아들 두고 죽을 뻔했군 그래."

감나무 아래에 앉아 있던 영희네 할아버지가 담뱃대를 털고 일어나며 하시는 말씀이었습니다.

1973. 1

노
을

간이역 지붕 위에 흰구름이 한 송이 걸려 있었다. 철로 변에 있는 대추나무에는 올해도 대추꽃이 한창이었다.

오후 다섯 시 반에 완행 열차가 도착했다.

내리는 손님 가운데 밀짚모자를 쓰고 허름한 작업복을 입은 아저씨가 있었다. 열 살 남짓해 보이는 눈이 큰 사내아이도 있었다.

출구에 서 있던 늙은 역장이 사내아이를 알아보았다.

"원이로구나. 오늘도 엄마 만나러 가니?"

"네, 아저씨. 안녕하셨어요?"

아이는 고개를 갸우뚱 흔들며 활짝 웃었다.

밀짚모자 아저씨가 뒤돌아보았다. 웃느라고 드러난 아이의 이가 물가의 차돌처럼 반짝거렸다.

바람이 성큼 불어 왔다. 하마터면 아저씨의 밀짚모자가 날아갈 뻔하였다.

바람에는 보리 익은 냄새가 가득 실려 있었다. 들을 지나온 게 틀림없었다.

역의 남쪽 화단 가운데 있는 풍속계가 종종종 병아리 걸음을 치다가는 다시 볏이 긴 수탉 걸음처럼 늦어졌다.

밀짚모자 아저씨가 아이에게 물었다.

"순우면을 다니는 사람들은 지금도 성황당 고개를 넘니?"

"네, 아저씨도 순우면 쪽으로 가세요?"

아이는 처음으로 밀짚모자 아저씨의 머리와 얼굴을 눈여겨보았다. 머리카락이 짧고 눈동자가 깊숙한 데 있었다.

"그래, 그 쪽으로 간다. 그런데 너는 어느 쪽으로 가니?"

"저두요. 성황당 고개를 넘어야 해요."

아이는 일행을 얻게 되어서 기쁜 모양이었다. '아' 하고 나직한 환성을 질렀다.

역 마당가에 줄을 지어 앉아 있던 채송화들이 눈을 비볐다.

빨간 꽃은 빨갛게, 노란 꽃은 노랗게.

농협 창고 모퉁이를 돌자 자갈길이었다. 두 사람은 길

가에 늘어선 아카시아 그늘을 밟으며 걷기 시작했다.

밀짚모자 아저씨가 아이한테 또 물었다.

"넌 나이도 어린데 혼자서 어딜 가니?"

"엄마한테 다니러 가는 길이에요."

"엄마한테 다니러 간다아……? 그럼 넌 엄마하고 함께
안 사는 모양이구나."

"네. 저는 할머니하고 읍내에서 살아요."

"엄마는 뭘 하시는데?"

"나룻배 사공이어요."

"여자분이 사공일을 하다니, 거참 힘들겠구나."

길은 점점 좁아지면서 들녘으로 이어졌다.

고구마 덩굴이 더러 길 쪽으로 나와 있기도 했다. 밀짚
모자 아저씨는 고구마 덩굴을 일일이 들어서 밭 안쪽으로
돌려 놓았다.

이번에는 아이가 밀짚모자 아저씨한테 말을 건넸다.

"아저씨, 우리 엄마가 왜 고향에 남아 있는지 아세요?"

"글쎄다……. 다른 일보다 사공 벌이가 좋다거나……
아니면 집에서 대대로 해 내려오는 일이거나……."

"둘 다 틀렸어요. 우리 엄마는요, 우리 아버질 기다리고
  있는 거예요."

"아버질 기다린다구? 너희 아버지는 어딜 가셨는데?"

"먼 데에 가셨대요. 죽어서 가는 곳 말고요. 살아서 가는
  가장 먼 데요."

"살아서 가는 가장 먼 데라아……. 어딘지는 모르지만
  내가 다녀온 데만큼이나 거기도 먼 모양이구나."

들녘을 지나자 길은 고갯마루로 이어졌다.

산에서는 뻐꾸기가 '뻐국뻐국' 울고 있었다. 간혹 청솔
밭에서 달려나온 바람 끄트머리에서 삐비꽃이 하얀 머리
를 풀어뜨리기도 했다.

"아저씨가 다녀오신 데는 어디인데요?"

밀짚모자 아저씨는 한참을 망설이더니 무엇을 결심했
는지 불쑥 말했다.

"감옥이란다."

"거기는 죄를 지은 사람만 들어가는 곳 아녜요?"

"그래. 난 네가 상상도 못 할 만한 큰 일을 저질렀지. 그래
  서 십 년 내내 갇혀 있다가 돌아오는 길이란다."

"십 년이나요?"

아이의 큰 눈이 더 크게 열렸다. 그러나 밀짚모자 아저씨의 입가에 수수깡 울타리에 번지는 달빛 같은 미소가 떠올랐다.

"나는 그 동안 감옥에서 죽은 사람이라고 생각하고 지냈단다. 거듭나기 위해서, 한 허물을 벗느라고 집에는 물론 누구한테도 내 소식을 끊고 살았지. 그렇게 살다 보니 십 년이란 세월도 녹이지 못할 무쇠는 아니더구나."

"아저씨네 집에선 그래도 누군가는 기다리고 있겠지요?"

"글쎄…… 아마 기다리는 사람이 한 사람도 없을지 몰라. 기다리는 사람 편에서 본다면 십 년이란 강산도 변한다는 긴 세월이니까."

그러나 밀짚모자 아저씨의 마음은 그게 아닌 모양이었다.

고갯마루가 가까워지자 발걸음이 눈에 띄게 빨라졌다. 아이가 한 걸음 내디딜 때 밀짚모자 아저씨는 두세 걸음을 걸었다.

"아저씨, 같이 가요. 네, 아저씨!"

아이가 턱까지 오른 숨을 가누며 불러 보았지만 밀짚모
자 아저씨는 갑자기 귀가 먼 사람처럼 뒤도 돌아보지 않
았다.

오리나무 숲을 지나서, 돌무덤을 돌아 성황당 터를 지
났다.

아이가 칡 덩굴에 걸린 발을 풀어서 고갯마루 위에 올
라섰다.

밀짚모자 아저씨는 등이 굽은 늙은 소나무 그루터기에
앉아 있었다.

"아저씨, 왜 그렇게 혼자서만 빨리 가세요?"

그러나 아저씨는 벙어리가 되었는지 아무런 대꾸도 하
지 않았다. 저 아래 시퍼렇게 출렁거리고 있는 거대한 댐
의 물만 하염없이 바라보고 있을 뿐이었다.

산대밭 속에서 산까치가 울었다.

"아저씨, 하늘 한 자락을 담갔다가 헹굴 만도 하지요?"

"……"

"우리 나라에서 두 번째로 큰 댐이래요. 우리 엄마가 저
기에서 노를 가장 잘 젓는다구요."

그제야 밀짚모자 아저씨는 입을 열었다. 그러나 아저씨의 목소리는 비에 젖은 지푸라기처럼 힘이 하나도 없었다.

"내가 오늘 길을 잘못 든 모양이다. 우리 고향에는 저렇게 큰 호수가 없었어. 작은 강이 하나 흐르고 있었을 뿐이었는데……"

"아저씨의 고향은 어떤 곳인데요?"

"시골이었지…… 옆으로는 사철 푸른 강이 흐르고, 뒤로는 달덩이같이 둥그런 달산이 있었고…… 마을의 집수는 백이 좀 더 되었을걸 아마. 그리고 집집마다 감나무와 우물이 하나씩 있었고…… 작았지만 오래 된 초등학교도 하나 있었지……"

"그럼 옛날 우리 마을하고 비슷하네요. 지금은 저기 저물 속에 들어가 버렸지만요. 우리 마을도 그랬어요. 그리고 동쪽에는 달내가 흐르고 있었고요. 감나무, 배나무, 살구나무, 복숭아나무, 집이랑 학교랑 토끼장이랑 닭장이랑 모두모두 두고 떠나던 날이었어요. 마을 사람들은 울지 않는 사람이 없었어요. 군에서 나온 군수님도 울었어요."

아이의 눈에는 그 날이 선하게 떠올랐다. 마을 사람이 온통 이사를 하던 날도 무심하게 감꽃은 피고 있었다.

장다리 핀 밭에서는 노랑나비, 흰나비가 날고 있었고, 두더지들은 그 날도 들녘 한 귀퉁이를 열심히 파고 있었다.

사람들의 가슴을 가장 아프게 한 것은 제비들이었다. 먼저 떠나가라고 제비집을 헐어 버렸는데도 번번이 다시 짓고 짓고 하는 제비들.

아이는 울어서 눈이 퉁퉁 부은 어머니의 손을 잡고 말했다.

- 엄마, 사람이 죽어서 저승에 가면 말이야. 정말로 짐
  승이 되어서 이 세상에 다시 오게 돼?
- 왜 새삼스럽게 그런 걸 묻니?
- 물고기가 되고 싶어서…….
- 물고기가?
- 물고기가 되면 엄마, 우리 마을에서 마음놓고 살 수
  있잖아. 물에 잠긴 우리 마을을 용궁처럼 지키면서 말
  이야.

엄마는 아이를 꼭 껴안아 주었다. 엄마의 파란 치맛자락 사이로 본 고갯마루에는 온다던 아버지의 모습은 그림자도 비치지 않고 흰구름만 솔개처럼 맴을 돌고 있었다.

"너희 고향 마을 이름은 무엇이지?"

"마을 사람들은 그냥 감나무골이라 했어요. 면사무소에서 부르는 이름은 연촌리구요."

"감나무골이라구?"

되묻는 밀짚모자 아저씨의 목소리에 풀이 섰다. 서리를 뒤집어쓴 지푸라기처럼 윤도 났다.

"아저씨도 우리 감나무골을 아셔요?"

"알다마다."

"아저씨, 우리 감나무골은 정말 살기 좋은 동네였지요? 그지요? 읍내 학교 동무들은 내가 아무리 말해 주어도 곧이듣지 않아요."

"몰라서 그렇겠지. 내가 이다음에 시간이 나면 그 애들을 한번 만나서 설명해 주도록 하지."

"정말이세요, 아저씨?"

"그럼, 정말이고말고. 오늘은 기왕 여기까지 왔으니 너
희 엄마를 만나서 감나무골 이야기를 좀더 자세히 들어
보도록 할까?"

"야아, 신난다."

올라올 때와는 반대로 내려가는 길에서는 아이가 빨랐
다. 밀짚모자 아저씨가 이끼 긴 바윗길에서 더듬거리다
보니 아이는 벌써 저만큼 참나무가 무성한 산굽이를 돌아
가고 있었다.

두 사람이 나루터에 도착했을 때는 해가 뉘엿뉘엿 질
무렵이었다.

하늘에 번져 있는 노을이 물 속에는 더 진하게 퍼져 있
었다.

나룻배는 건너편 둑을 출발해서 빨갛게 깔린 비단 같은
노을 위로 천천히 다가오고 있었다.

"우리 엄마 배예요. 저 보세요, 머리에 쓴 수건을 벗어서
흔들잖아요. 오늘이 토요일이어서 제가 올 걸 알고 있
거든요."

아이가 팔을 마주 흔들었다.

밀짚모자 아저씨는 처음으로 모자를 벗었다. 물 속에 손을 담그고 그리고 얼굴을 씻었다. 엄마를 부르며 달려가는 아이의 빠른 발소리를 들으며.

밀짚모자 아저씨가 고개를 들었다. 한동안 그는 넋 나간 사람처럼 멍하니 서 있었다.

꿈에도 잊지 못하던 얼굴이 뱃머리에 오롯이 나타나 있었던 것이다. 십 년이란 세월 동안 주름살이 생기고 그을렸을 뿐 눈, 코, 입, 귀, 하나도 변하지 않은 채.

밀짚모자를 가리키는 아이의 손을 좇아서 고개를 돌린 여인의 얼굴이 순간 석고처럼 굳어졌다. 그러나 이내 두 뺨에 노을이 번졌다.

물 위로 작은 물고기가 은빛나는 몸매를 반짝이며 뛰었다.

그는 천천히 뒷주머니 속에 든 손수건을 꺼내었다.

그러고는 두 손으로 얼굴을 문지르며 아내와 아들이 있는 나룻배 쪽으로 다가갔다.

호수 속에 비친 세 사람의 모습을 노을이 환하게 감싸안고 있었다.

1980.7

무
지
개

환이는 귀가 멀어서 말을 들을 수 없습니다. 그렇지만 환이는 아무도 모르게 혼자서 이야기하는 방법을 알고 있습니다.

그것은 듣고 싶은 말, 하고 싶은 말이 있을 때면 강가에 나가 돌을 던지는 것입니다.

강에는 이 세상이 시작되면서부터 전해져 오는 온갖 이야기가 줄기줄기 흐르고 있습니다.

여기엔 가끔 험악한 천둥이 내려친 적도, 그리고 별똥이 가라앉은 적도 있습니다. 그러나 강물은 손톱만한 생채기 하나 없이 예나 지금이나 항시 푸른 터 그대로 흐르고 있습니다.

환이는 강가에 나가서 마음을 모아 돌을 던지곤 합니다. 슬플 때나 기쁠 때나 그리고 외로울 때도.

풍덩, 돌이 떨어지면 그 물에서는 물결이 깜짝 일어납니다. 그럴 때의 물무늬는 모래알 하나하나에 부딪치는 빛의 반짝임 같은 모양입니다.

이렇게 돌이 강물에 파문지어 보내 주는 물결에서 환이는 세상의 갖가지 표정을, 그리고 말을 알아내는 것입니다.

하루 내내 꽃밭에서 놀다가 와 던진 돌에 이는 물결은 꽃봉오리처럼 예쁘고 기쁨으로 일렁였습니다.

또는 봄바람이 어루만지는 버드나무의 새순처럼 여려 보이기도 하였습니다. 그러나 장터를 구경하고 와서 던진 돌에는 물결도 '와와' 수선스럽게 부서졌습니다. 그 속에는 두리번거리기 잘하고 자주 훔쳐보는 어른들의 눈초리가 들어 있었습니다.

그런데 오늘은 물결이 환이의 슬픔마냥 가늘게 가늘게 떨렸습니다.

환이네가 기르고 있던 다람쥐가 죽었기 때문입니다.

갈색 바탕에 흰 줄무늬가 있는 동무. 그 다람쥐는 약초를 캐려고 백운산에 가셨던 환이 아버지께서 잡아 오신 것입니다. 환이한테 주면서 아버지는 손짓으로 말씀하셨습니다. '서로 사이좋게 지내거라. 너무 귀찮게는 하지 말아라.'고.

처음 얼마 동안 다람쥐는 환이가 주워다 주는 도토리도 잘 까 먹고 상자 속의 쳇바퀴도 곧잘 돌렸습니다. 그러나 날이 갈수록 쳇바퀴가 쉬는 날이 잦아졌습니다. 그 맑던 눈망울이 안개가 낀 듯 점점 흐려져 갔습니다.

그리고 한 달이 지나서는 환이가 사다 넣어 준 밤톨을 건드리지도 않았습니다. 그저 상자 속의 귀퉁이에 쪼그리고 앉아서 먼 하늘만 물끄러미 쳐다보고 있더니 그만 오늘 아침에 죽고 만 것입니다.

환이는 꽃밭의 등나무 아래 다람쥐의 무덤을 만들었습니다.

말갛게 뜨고 죽은 다람쥐의 눈망울에 행여 티끌이 묻을까 봐 하얀 접시꽃잎으로 눈을 가리고 흙을 덮었습니다.

라일락꽃 가지로 엮은 십자가를 무덤 앞에 세워 주었습니다.

환이는 한낮의 서글서글한 햇볕에 싸여 강으로 달려나왔습니다.

강물은 잘 자란 배추 포기처럼 푸르디 푸르게 흐르고 있었습니다.

환이는 차돌 하나를 주워서 강 한가운데로 던졌습니다. 차돌이 풍덩 떨어져서 지어 보내는 물결은 환이한테 이렇게 말하였습니다.

'왜 나를 동무들이 기다리는 산으로 보내 주지 않았니? 아름드리 전나무를 오르내리고 바위 위를 달음박질하던 내가 어떻게 그 좁은 상자 속에서 살 수 있었겠니? 내가 얼마나 산으로 가고 싶었는지 넌 모를 거야.'

환이는 그만 울먹이고 말았습니다.

커다란 눈물 두 방울이 그의 양 뺨을 타고 내려왔습니다.

환이는 두 무릎 사이에 고개를 묻었습니다.

흐느끼고 있는 환이의 어깨를 누군가가 흔들었습니다.

환이는 고개를 들었습니다.

언제 왔는지, 둥그런 베레모를 쓴 아저씨 한 분이 환이 옆에 서 있었습니다. 아저씨는 겨드랑이에 화판을 끼고 있었습니다.

아저씨는 환이에게 왜 여기 혼자 앉아 있느냐고 묻는 듯했습니다.

환이는 먼저 손바닥으로 귀를 덮고 다음엔 입을 막아

보였습니다.

그제야 아저씨는 알겠다는 듯이 고개를 크게 끄덕였습니다.

아저씨도 환이가 자주 오는 이 강이 마음에 드는 모양이었습니다.

아저씨는 강 언덕에 화판의 다리를 세웠습니다. 곧이어 분꽃 같은 붓이 너울대기 시작했습니다.

화폭에는 금방 파란 강물이 굽이쳐 흘렀습니다.

한쪽 귀퉁이에 물거품이 보글대는 것도 그려졌습니다.

환이는 요술처럼 그려지는 아저씨의 그림을 보고 놀랐습니다. 화판을 거꾸로 들면 발 아래로 푸른 물이 쏴아, 쏟아질 것만 같았습니다.

그러나 화폭엔 강 하나밖에는 그려지지 않았습니다. 분꽃 같은 붓이 너울대기를 멈췄습니다.

하얀 윗부분을 어떻게 그려야 할지, 아저씨의 생각이 막혀 버렸나 봅니다.

아저씨는 화판 아래 주저앉았습니다.

무릎을 세우고 두 손으로 깍지를 껴 그 위에 턱을 괴고 앉아서, 깊은 생각에 잠긴 듯하였습니다.

아저씨의 그림이 어떻게 그려지려나……. 환이도 아저씨 곁에 쪼그려 앉았습니다.

강에는 미루나무들이 물구나무서 있었고, 가끔씩 강을 거슬러 오는 바람결에는 강 아랫마을의 찔레꽃 향기가 묻어 오곤 하였습니다.

하늘엔 솜털 같은 흰구름이 목화송이처럼 둥둥 떠갔습니다.

환이는 아저씨의 어깨를 흔들어 강 속에서 부푸는 흰구름을 가리켰습니다.

아저씨는 빙그레 웃으시며 환이의 눈 속을 찬찬히 들여다보았습니다.

환이의 눈동자에도 흰구름이 환히 비치고 있었던 것입니다.

환이의 눈이 갑자기 깜빡 감겼다가 떠졌습니다.

강 위를 나는 새 한 마리가 비쳤습니다.

그 새는 물총새였습니다.

물총새는 색색의 고운 날개를 펴고 포롱포롱 강기슭을

스쳐 날고 있었습니다.

환이는 저도 모르게 물총새를 따라 나섰습니다.

대밭을 지나고 가시 덩굴을 넘었습니다.

물총새가 날아가 앉은 곳은 강 언덕의 비탈진 벼랑이었습니다.

환이의 눈이 커졌습니다.

물총새가 붉은 황토 벼랑의 작은 구멍으로 살짝 꼬리를 감추는 것을 보았습니다.

환이는 조심조심 발끝걸음으로 황토 벼랑 가까이 다가갔습니다.

오른손을 뻗어서 지금 막 물총새가 기어들어간 작은 구멍으로 손을 집어 넣었습니다.

환이는 제 몸의 모든 피가 오른팔에 몰리는 듯하였습니다.

가슴이 마구 두근거렸습니다.

구멍은 자꾸만 깊어졌습니다.

환이는 팔을 안으로 안으로 뻗어 넣었습니다.

손 끄트머리에 물총새의 보드레한 깃이 닿았습니다.

환이는 가슴이 '콩콩' 소리내며 뛰는 것을 느꼈습니다.

팔을 조금 더, 어깨가 구멍 속으로 다 들어가도록 뻗어 넣었습니다.

손끝을 타고 물총새의 깃의 따스함이, 그리고 물총새의 두근거리는 가슴 소리가 전해져 왔습니다.

환이의 가슴도, 물총새의 작은 가슴도 가쁘게 뛰놀았습니다.

환이는 얼마 동안 그렇게 있었습니다.

소리개 한 마리가 하늘 높이 떠 와서는 한참 맴돌다 갔습니다.

환이는 불현듯 아까 본 물결이 생각났습니다. 물결이 일러 주던 그 말이.

'동무들과 살게 해 주어야 한다……. 다람쥐도 전나무를 오르내리고 바위 위를 달음질하고 싶어 죽었었지…….'

환이는 벼랑에서 물러났습니다. 그리고 '잘 있어.' 하며 누이동생에게 하듯, 새집 쪽을 향하여 손을 흔들었습니다.

환이는 방글방글 웃으며 걸었습니다. 가시 덩굴을 넘어

서 대밭을 지나 강 언덕으로 돌아왔습니다.

아저씨는 여전히 두 손으로 턱을 받치고 화판 아래 앉아 있었습니다.

환이는 벼랑을 가리키며 물총새의 가슴에 닿았던 부드럽고 따스한 바른손을 아저씨의 뺨에 대었습니다. 환이의 작은 손 위에 아저씨의 큼직한 손이 포개졌습니다.

환이는 왼손을 들어 물총새의 집이 있는 황토 벼랑을 다시 한 번 가리켰습니다.

마침, 황토 벼랑에서 물총새 한 마리가 포르르 하늘 높이 날아오르고 있었습니다.

활짝 편 색색의 날개가 햇살에 아롱졌습니다.

환이는 갑자기 아저씨한테 제 말을 들려 주고 싶은 생각이 들었습니다.

발 밑에서 작고 둥근 차돌을 집어 들었습니다.

아저씨는 눈을 감았다 뜨면서 고개를 갸웃하였습니다.

환이는 물총새의 가슴에 대었던 손으로 푸른 강 멀리 돌을 던졌습니다. 차돌은 강 위에서 졸고 있던 바람을 깨웠습니다.

찰랑찰랑 물결이 일어났습니다.

물결을 지켜보던 아저씨의 눈이 별처럼 반짝 빛났습니다. 이마를 덮고 있던 검은 머리카락이 바람에 마구 날렸습니다.

아저씨는 다시 분꽃 같은 붓을 들고 화폭 위의 흰 부분에 색색으로 죽죽 그려 나가기 시작했습니다.

강에서 일어난 물이랑처럼 하나, 둘, 여러 가지 물감이 서로 어깨동무를 하였습니다.

'아.'

그림을 보던 환이는 터질 것 같은 가슴에다 두 손을 단정히 모았습니다.

화폭의 빈 하늘에 아저씨가 힘차게 그려 넣은 것은 층층이 떠오르는 일곱 빛깔의 무지개였습니다.

무지개는 강에서 하늘로 둥글게 둥글게 비단띠처럼 피어 올랐습니다.

실물결이 와 닿는 강가의 목화밭에는 다래가 하나 둘 피고 있었습니다.

1974.1

아름다운 풀

지리산 속 벼랑 위에 이름을 알 수 없는 풀 한 포기가 살고 있었어요.

풀이 이 세상에 얼굴을 마악 내밀었을 때 옆에 있던 곰취와 바위솔이 수군거렸어요.

"처음 보는 풀인데. 이파리가 꼭 무순처럼 생겼어."

"글쎄 말이야. 콩새가 얼어 죽은 자리에서 나길래 무슨 풀인가 궁금했었는데……."

"참, 그 콩새는 벙어리였던 것 같아. 먹을 것 하나 없는 이 높은 산 위에 무엇 하러 왔느냐고 물어도 대꾸 한 번 안 했어."

"그래, 하얀 눈 위에 맨발로 서서 서쪽 하늘을 바라보던 그 맑은 눈만이 생각나는군. 그래서 나는 콩새가 귀한 풀씨를 물고 왔는가 보다고 생각했지."

"저렇게 밉게 생긴 풀을 또 보기도 쉽진 않을 거야, 그지?"

이렇게 해서 그 날부터 이름이 '미운 풀'이 되고 말았어요.

키도 쑥쑥 자라지 않고, 꽃도 예쁘게 피우지 못하는 풀.

추운 겨울이 오면 다른 풀들은 모두 다음 해 봄이 올 때까지 긴 잠을 잤어요. 그러나 미운 풀만은 떨면서도 밖에다 온몸을 파랗게 내놓고 지내야 했지요.

간혹 사람들이 지나면서 풀섶을 뒤지는 일이 있었어요. 그들은 도회지에다 내다 팔 금난초나 나비난초를 찾아 다니는 것이었어요. 미운 풀은 거들떠보지도 않고요.

'나는 왜 이렇게 못생겨서 아무한테도 사랑을 받지 못하는 걸까.'

미운 풀은 자기를 이 세상에 나게 한 콩새를 원망하며 운 적이 많았어요. 발버둥을 치다가 다리가 꼬이기도 했어요.

그러던 어느 해 겨울이었어요. 아침에는 맑았는데 오후가 되면서 갑자기 눈바람이 몰아친 날이었지요.

미운 풀은 그 날 숨이 컥 막히는 일을 보았어요.

산봉우리에 있는 커다란 바위를 타던 젊은이가 오도 가

도 못 하게 된 것이에요. 눈보라에 길이 막혀 버렸던가 봐요.

그러나 젊은이와 함께 산에 온 사람들은 어떻게 할지를 모르는 것이었어요. 날이 어두워지고 있는 데다가 매운 바람마저 더욱 세어졌기 때문이에요.

이 일을 마침 산봉우리 밑을 지나고 있던 꼽추스님이 보았어요.

"줄을 마련하시오. 내가 올라가리다."

"스님께서 어떻게?"

"걱정 말아요. 내 등은 이렇게 볼록하게 솟아 있기 때문
에 사람을 업기가 더 좋다오."

"그래도……."

"괜찮아요. 이런 위험한 일엔 젊은 사람들보다도 나 같
은 사람이 제격인 것이오."

꼽추스님은 이내 줄을 잡고 바위 위로 올라갔어요. 눈
보라를 헤치고 기절해 있는 청년을 업었어요.

한 발, 한 발, 아래로 내딛기 시작했어요.

꼽추스님이 중간쯤 내려왔을 때였어요. 갑자기 센 바람
이 불어 와서 줄이 휘청했어요.

"악!"

꼽추스님을 지켜보고 있던 사람들의 입에서 일제히 비명이 터졌어요.

꼽추스님의 발이 허공을 내디딘 것이에요.

벼랑 아래에 떨어진 두 사람 가운데서 젊은이만 숨을 쉬었어요. 다행히도 젊은이의 몸이 꼽추 등에 걸려 있은 덕분이지요.

그 때 미운 풀은 보았어요. 너무나 잔잔한 꼽추스님의 얼굴을…… 목화솜 같은 포근함이 가득해 있었어요.

이 날, 이 일이 있은 뒤부터 미운 풀은 완전히 달라졌어요.

무엇에든지 투정부리지 않았어요. 작은 것들하고 친해졌어요. 비구름, 눈사람, 산그리메와도.

한밤중 반짝이는 별하고도 열심히 눈인사를 나누었어요. 새벽에 들려 오는 아랫절의 염불 소리에도 마음을 다소곳이 모았어요. 제아무리 매운 눈보라에도 결코 웃음 띤 얼굴을 잃지 않았어요.

그 날의 햇살은 겨울 햇살치고는 제법 두터웠어요.

해바라기를 하고 있던 미운 풀은 벼랑 아래에서 들려

오는 말소리를 들었어요.

"아버지, 더 잡수세요."

"아니다. 나는 이제 배부르다. 네가 마저 먹어라."

"아니여요. 아버지가 드세요. 저는 정말 배가 부른걸요."

돌버섯을 따러 다니는 아버지와 아들이었어요. 둘은 도토리묵 한 쪽을 놓고 서로 먹으라고 미루고 있는 것이었어요.

"아버지, 어머니 병만 나으면 얼마나 좋을까요."

"그래. 너희 어머니만 자리에서 일어난다면 비록 이렇게 돌버섯을 따다 팔고 사는 우리 형편이지만 웃음 부자라는 소리는 들을 텐데……."

"아버지, 어머니 병을 낫게 할 약초가 이 산 어디에 없을까요?"

"어딘가에 있을 거야. 다만 우리 정성이 부족해서 우리 눈에 아직 띄지 않고 있을 따름이지."

미운 풀은 저들에게 무엇이 되어 주고 싶다고 생각하였어요.

66

'무엇이 되고 싶다. 무엇이 되고 싶다.'

미운 풀은 아랫배에 힘을 주었어요. 그러자 미운 풀의 발 밑에 있던 돌 부스러기가 두 사람의 머리 위로 굴러 떨어졌어요.

다람쥐가 지나가나 싶어서 고개를 젖힌 소년의 초롱한 눈 안으로 미운 풀이 와락 달려들었어요.

"아버지, 저 풀 참 아름답지요? 한겨울인데도 저렇게 푸르고 반짝거려요."

"정말 그렇구나…… 아……아니…… 저건!"

소년의 아버지 눈이 휘둥그레졌어요.

황급히 벼랑 위로 기어 올라와서 미운 풀 앞에 무릎을 꿇었어요.

"신령님. 불쌍한 저희에게 이렇게 훌륭한 산삼을 주셔서 감사합니다. 정말 감사합니다."

아랫골 절에서 울리는 종 소리가 저렁저렁 산 속 깊이 퍼졌어요. 어디선가 콩새의 울음소리도 들려 왔어요.

1982.1

물에서 나온 새

달반이는 손등으로 눈물을 닦으며 돌담 밑에 쭈그리고 앉았습니다. 그리고는 눈물 묻은 손으로 땅을 쓸었습니다.

어머니가 홍두깨로 떡반죽을 넓게 밀 때처럼 티 하나 없게 땅을 고른 다음 사금파리로 그림을 그리기 시작하였습니다.

보름달 같은 동그라미 안에 깊숙한 샘 같은 눈과 버들강아지 같은 눈썹을 그렸습니다.

달반이는 바가지 모양의 입을 그리다가 입가에 소리 없이 배어드는 그림자를 보았습니다.

달반이는 고개를 들었습니다. 달반이 앞에는 어느새 와 있었는지 키가 큰 아저씨가 서 있었습니다

달반이와 서로 눈이 마주치자, 아저씨는 신 열매를 깨문 것처럼 찡긋 기울었던 눈에 웃음을 띠며 물었습니다.

"네가 그리고 있는 사람이 누구지?"

"우리 엄마예요."

"어머니라아……. 네 어머니의 표정은 항시 그러시니?"

"아녜요. 지금은 달을 베어 잡수시느라 그래요."

"달을 베어 잡수시다니?"

"어머니는 달을 베어 잡수신 꿈을 꾸고서 저를 낳았대요. 그래서 제 이름도 달반이어요."

"그래?"

"네, 우리 어머니는 무슨 일이 있을 때마다 이런 얼굴을 하셨어요. 돌아가실 때도 이가 아린 듯한 이런 표정을 지으셨어요. 눈 속의 소나무처럼 항상 푸르게 살아라면서요."

"사랑이 깊으신 분이구나."

"사랑이 깊으시면 그런가요?"

"그렇지. 참는 것을 아니까."

"전 그런 어려운 말은 몰라요. 그러나 어머니의 표정은 무슨 말인지 다 알아요. 조금 전에 이 동네 아이들이 절 거지라고 놀리며 마구 때렸어요. 그래서 저는 어머니의 말씀을 생각해 내려고 이렇게 어머니 얼굴을 그리는 것이어요."

밤에 우는 풀벌레 소리처럼 달반이의 목소리는 가늘어
졌습니다.

"그럼 너희 아버지는 어디 계시느냐?"

"우리 아버지는 어머니보다 더 일찍 돌아가셨어요. 전
 아버지 얼굴을 몰라요."

"고아로구나."

"그러나 전 울지 않아요. 어머니의 말씀대로 달처럼 둥
 글게 살아요."

어깨가 잘 맞추어지지 않은 돌틈으로 바람이 새어 나와
아저씨의 머리카락을 마구 헝클었습니다. 그러나 아저씨
는 손으로 머리카락을 쓸어 올리지 않고 먼 산만 바라보
고 있었습니다.

달반이는 돌담 틈에 사금파리를 끼워 놓고 일어섰습니
다.

행여 아저씨의 큰 그림자를 밟을까 비켜 가는 달반이를
아저씨가 불렀습니다.

"달반아, 너 오늘부터 날 따라가서 살지 않을래?"

"아저씨하고 살아요?"

"그래, 나도 너처럼 혼자 살거든."

달반이가 뭐라고 말하기도 전에 아저씨는 달반이의 손목을 가만히 거머쥐었습니다.

황룡사 처마 끝에 둥근 달이 떴습니다. 여기저기 피어 있는 풀꽃들의 색깔마저 드러낼 만큼 하늘은 고요하고 달빛은 밝았습니다.

달빛 아래 엎드려 있는 황룡사는 낮에 볼 때보다 더 커 보였습니다.

고래등처럼 보이는 용마루며 코끼리 몸뚱이 같은 대들보 하며 대웅전과 구층탑, 그리고 연못……. 어느 것 하나 웅장하지 않고 빼어나지 않은 것이 없었습니다.

이 절에 아직 안 되어 있는 것은 달반이네 아저씨가 맡고 있는 벽화뿐이었습니다.

어서 그려 달라고 주지스님이 재촉할 때마다 아저씨의 대답은 한결같았습니다.

"깨닫지 못하고 어떻게 그립니까?"

날마다 아저씨는 탑을 돌았습니다. 두 손을 가슴에 모

으고 '관세음보살 나무아미타불'을 수없이 외었습니다.

아저씨는 오늘 밤에도 탑을 백여덟 바퀴나 돌았습니다. 땀이 이마에고 등에고 송골송골 솟아올랐습니다.

아저씨는 옷을 갈아 입을 생각으로 방에 돌아왔습니다. 그러나 옷 보퉁이를 맡고 있는 달반이가 보이지 않았습니다.

아저씨는 달반이를 찾았습니다.

뜰을 둘러보고, 종각을 지나서 대웅전 앞에도 가 보았지만 달반이는 없었습니다.

"달반아! 달반아!"

뒤뜰을 지나서 연못가로 나오던 아저씨는 우뚝 발을 멈추었습니다.

저 쪽 늙은 소나무 아래에 앉아 있는 아이는 달반이가 틀림없었습니다.

"달반아!"

아저씨는 반가워 뛰어갔습니다.

"쉬이."

달반이는 둘째손가락을 세워서 입술에 대 보였습니다.

무슨 일이 있나 싶어 아저씨는 살금살금 발소리를 죽이며 다가갔습니다.

달반이의 어깨 너머로 연못을 들여다보았습니다.

그러나 연못에는 눈이 시리게 피어 있는 연꽃밖에 아무것도 없었습니다.

"무엇을 보느냐?"

"저기, 저기요."

"저기라니? 그 쪽에는 연꽃 덩굴도 없지 않느냐?"

"아이, 아저씨두. 저기 저 물 속을 보세요."

"물 속을? 물 속은 왜?"

"달이 떠 있잖아요. 늙은 소나무도 있고 물안개도 피어
있고요."

"달, 소나무…… 오오, 그렇구나. 물안개도……."

아저씨는 그제야 깨달았습니다. 달반이가 보고 있는 것
은 물 밖의 풍경이 아니라 물 속의 풍경이었던 것입니다.

"아저씨, 새도 있어요."

"새라니?"

아저씨는 연못 속을 찬찬히 살펴보았습니다.

정말이었습니다. 둥근 달을 조각 내는 소나무 가지 위에
새 두 마리가 서로의 깃에 고개를 묻고 있었습니다.

"그렇구나. 새 두 마리가 사이 좋게 있구나."

"세 마리가 있었어요. 그런데 한 마리는 아저씨의 발소
리에 놀라서 밖으로 나와 버렸어요."

"밖으로 나와 버리다니?"

"물 밖으로요."

"물 밖으로? 새가 물고기라도 된단 말이냐?"

"그럼요. 새가 날아서 나왔어요. 정말이어요."

바람이 쏴아아 불었습니다.

체의 그물처럼 가는 물살이 일었습니다.

연못 속의 풍경이 물살 따라 어질어질 밀려서 주름이
졌습니다.

달반이는 아저씨의 팔을 꽉 붙들며 소리쳤습니다.

"아저씨, 조금만 있어 보셔요. 아무렇지도 않아요. 정말
이어요. 아무렇지도 않아요."

아저씨는 뒷머리를 긁으며 기다려 보았습니다.

바람이 저만큼 지나며 처마 끝의 풍경을 울릴 때였습니

다. 정말 물 속 세상이 조금 전처럼 환하게 돌아왔습니다.

둥근 달도, 늙은 소나무도, 물안개도, 그리고 새 두 마리는 여전히 사이가 좋았습니다.

가느다란 신음 소리가 아저씨의 입에서 흘러나왔습니다.

아저씨는 와락 늙은 소나무를 끌어안았습니다.

달이 늙은 소나무 가지 사이를 벗어나서 연못 한가운데로 나섰을 때에야 아저씨는 고개를 들었습니다.

아저씨의 눈동자는 검은 하늘을 가르는 번갯불처럼 번쩍번쩍 빛나고 있었습니다. 언제나 주름 잡혀 있던 이마가 시원하게 개었습니다.

아저씨는 너울너울 춤을 추듯이 그림 도구를 챙겨 들고 법당 안으로 들어갔습니다.

밤이 지나갔습니다.

그러나 아저씨는 밖으로 나오지 않았습니다.

낮이 지나고, 밤이 또 지나갔습니다.

또 하루가 지나갔습니다. 그러나 다음 날도 법당 문은 열리지 않았습니다.

낮과 밤이 오며 가며 하루가 더 지나가고, 또 하루가 지나갔습니다.

아저씨가 법당에 들어간 지 이레째가 되던 날이었습니다.

그 날 아침에는 서라벌 골골이 안개가 가득하였습니다.

달반이는 그 날 아침도 안개 속에 묻혀서 아저씨를 기다리고 있었습니다.

벽화가 궁금한 주지스님도 여러 스님들과 함께 불경을 외며 뜰에 서 있었습니다.

종소리가 저렁저렁 울렸습니다.

실바람이 지나며 나뭇가지와 나뭇잎에 묻은 안개를 살살 쓸어 갔습니다.

종이 울리는 소리에 떠밀리듯, 소리도 없이 법당 문이 열렸습니다.

안개를 헤치며 아저씨가 조용히 나타났습니다.

"아저씨."

달반이는 아저씨 품에 안겨서 '쏴아아' 하고 법당 안으로 밀려 들어가는 바람 소리를 들었습니다.

벽화가 그 모습을 드러내었습니다. 벽화는 꼭 살아 있는 것 같았습니다.

달이 있고, 늙은 소나무가 있고, 그리고 물안개도 있었습니다.

살아 있는 듯한 벽화를 보고 입을 다물지 못하던 사람들이 아, 하고 비명에 가까운 환성을 질렀습니다.

벽화의 소나무 가지 위에 앉아 있는 새 두 마리 사이로 포르릉 날아 들어가는 새 한 마리를 보았던 것입니다.

"맞아요. 연못 속에서 날아간 새예요."

달반이는 저도 모르게 소리를 질렀습니다.

"맞아요. 연못 속에서 날아간 새예요."

달반이의 목소리가 메아리되어 울려 퍼지는 골마다 눈부신 아침 햇살이 줄기줄기 번지고 있었습니다.

1979.7

먼 동 속에서

석공은 가슴이 답답해서 밖으로 나왔다.

조금만 걷는다는 것이 달빛이 흐르는 산여울을 따라 걷다 보니 그만 산허리 하나를 넘고 말았다.

멀리 숲 속 사이로 내다보이는 동해엔 달빛이 가득 넘실거리고 있었다.

'달빛도 제 그릇대로 받게 마련인가.'

산여울은 골짜기 모양으로, 호수는 둥글게, 그리고 바다는 저렇게 넓고 넓은 모양으로.

'그럼 나는 어떤 그릇일까? 실오라기 하나에도 이르지 못한 바탕이 아닌가.'

석공의 입에서는 저절로 한숨이 새어 나왔다.

석굴암의 부처님 지어 내는 일을 맡은 지 3년.

그 동안 석공은 실패를 거듭하고 있었던 것이다.

나라 안에는 물론 나라 밖에도 그를 따를 만한 석공이 없을 것이라고 소문난 그였다.

그는 예로부터 솜씨가 좋기로 이름난 백제땅 출신으로, 할아버지의 할아버지 적부터 돌을 떡 주무르듯 하며 살아온 돌쟁이 집안의 맏이이기도 했다.

집을 떠나오던 날 아침, 작별 인사를 하는 자리에서 늙은 아버지가 석공에게 이른 말이 있었다.

"자신의 숨결과 체온을 전할 수 있는 작품을 만드는 일보다 더 복된 일은 없는 것. 이번 큰 일에 네 안에서 타고 있는 생명의 불을 붙여 주고 오너라. 사람의 육신은 여든을 넘기기 어려우나 땅 위의 돌은 천 년, 만 년을 사느니라. 부디……."

그래서 욕심이 지나쳤던 것일까. 번번이 석공의 정이 빗나갔다.

석공은 마음을 맑히기 위해 새벽마다 샘물로 몸을 씻었다. 간절한 마음으로 '불을 당겨 주십사' 하고 부처님께 기도를 드렸다.

그러나 쪼아서 버린 돌무더기는 늘어만 갈 뿐이었다.

대궐로부터의 재촉은 벌겋게 달군 쇠창살 같았다.

"대감께옵서, 도대체 무엇이 부족하여 일이 늦어지느냐

고 물으셨습니다."

"마음이 부족한 탓이지요. 마음이……."

"그런 말은 통하지 않습니다. 시한을 못박아 주십시오."

땅을 보고 있던 석공은 천천히 고개를 들었다.

서편 하늘가에 쪽배처럼 나와 있는 낮달을 바라보며 대답했다.

"반 년만, 반 년만 더 기다려 주십사고 말씀드려 주십시오."

"반 년이 지난 다음에도 안 되면 어떻게 하지요?"

"그 땐 제 목숨을 바치겠습니다."

죽음을 생각하였기 때문일까. 석공은 낮달 주변에 아스라이 펼쳐지는 고향 풍경을 보았다.

사철 푸른 빛을 내는 대밭하며, 맨발로 황톳길을 달리는 아이들하며, 길쌈을 하는 누이동생의 모습과 논을 매는 아버지의 모습과…… 지금은 백일홍이 필 때니 두벌갈이겠지.

아, 그의 아버지가 되풀이하여 들려 주시던 말씀이 석공의 머리에 떠올랐다.

"돌로 무엇을 만들려고 해선 안 된다. 돌 속에 감춰져 있
는 모습을 그대로 가만히 드러내 모신다고 생각하는 것
이 돌쟁이의 참다운 태도란다."

'그래. 찾아야 해. 부처님의 모습을 지어 낼 수 있다고
생각한 것부터가 잘못이었어.'

석공은 그날로 방을 써서 토함산 변두리 마을엔 물론
서라벌 거리에까지 내다붙였다.

알림

석굴암의 부처님으로 모실 훌륭한 석재를 구합니다. 돌이 있는
곳을 알려 주시는 분께 상금을 후히 드리겠습니다.

석굴암 일터에서

이렇게 방을 붙인 효과는 금방 나타났다. 이곳 저곳에
서 귀한 돌이 있다는 소식이 날아들었다.

그러나 막상 달려가 보면 헛일이었다. 돌의 질도 중요
했지만 우선 석공의 마음을 울리는 무엇이 없었다.

'뜻이 맞는 만남은 처음 보는 순간 울림이 있다. 눈을 감

아도 저절로 그 모습이 떠오르며…….'

이것은 석공이 그 동안 마음에 드는 조각품을 몇 만들고서 얻은 결론이었다.

'불경에도 있듯 마치 맑은 거울과 같이 환하게 돌 속에 있으면서 밖으로 드러나는 부처. 멀리서 바라볼수록 더욱더 거룩하게 보이는 돌은 영 나타나지 않을 것인가.'

석공은 발길을 돌렸다.

이번에는 산여울길을 버리고 솔밭길을 따랐다.

바람이 솔잎 사이를 지나면서 석공의 여윈 얼굴에 이슬을 뿌렸다.

갈참나무 밑동에서 오줌을 누고 있었는지, 후닥닥 산토끼가 달아났다.

석공은 산토끼의 발소리가 들리지 않을 때까지 한참을 서 있다가 다시 걸었다.

산허리에 있는 억새풀이 석공의 키를 넘었다. 그 총총한 잎의 서슬이 석공의 손등을 그었다. 그러나 석공은 아픔을 느끼지 못했다.

석공이 다시 일터로 돌아왔을 때는 달도 어지간히 기울어 있었다.

달맞이꽃들이 노오란 꽃잎을 오므리고 있는 것을 그는 한참 들여다보았다.

다시 발을 떼어서 돌계단을 밟았을 때였다. 석공은 부엌 쪽으로부터 들려 오는 떠들썩한 소리에 걸음을 멈췄다.

'이 깊은 밤에 무슨 일일까?'

석공은 소리나는 쪽으로 발길을 돌렸다.

부엌 앞 안마당에서 젊은 일꾼들이 늙은 사람 하나를 빙 둘러싸고 '이놈 저놈' 하면서 주먹질 발길질을 하고 있었다.

"아니, 웬일들이오? 나이 든 노인에게······."

"저 늙은이는 맞아 죽어도 쌉니다."

"맞아 죽어도 싸다니? 저 노인이 무슨 일을 했길래 맞아 죽어도 괜찮다는 말이오?"

"이 늙은이가 글쎄, 문둥잇골로 밥을 날라다 주었지 뭡니까."

"문둥잇골……?"

"네, 이 토함산 서편에 문둥이들이 모여 사는 데가 있지요. 그런데 이 늙은이가 밤마다 밥을 가지고 그 곳엘 들락거린 겁니다."

"어디, 노인의 말을 들어 봅시다. 이 젊은이의 이야기가 정말입니까?"

"그렇습니다. 저는 여기 사람이 먹고 남은 음식만을 가져다 주었을 뿐입니다."

"음식이 아까워서 하는 말이 아닙니다. 그러다가 몹쓸 병에라도 걸리면 어쩌나 하는 염려 때문이지요."

노인이 고개를 들었다.

흰 머리카락, 이마에 패어진 깊은 주름살. 하지만 눈은 고즈넉한 호수처럼 그렇게 맑아 보일 수가 없었다. 불국사 일터에서, 석굴암 일터에서 부엌일만 하면서 살아온 낯익은 얼굴이었다.

"그것이 부처님의 뜻이라면 달게 받아야지요."

그 말은 깊은 가을 밤 소리도 없이 떨어지는 가랑잎처럼 숙연한 느낌을 주었다.

"부처님의 뜻이라면…… 부처님의 뜻이라면……."

석공은 노인이 한 말을 읊조리며 차가운 물 속으로 걸어 들어갔다.

폭포의 물줄기가 정수리 위로 쏟아졌다.

순간, 석공은 머리를 스치고 지나가는 불기둥을 느꼈다.

석공은 물에 젖은 채 부엌으로 달려갔다.

노인은 장작더미에 걸터앉아서 수건으로 흐르는 코피를 닦고 있었다.

"노인께 한 가지 여쭈어 보고 싶습니다."

"……."

"부처님으로 모시고 싶은 돌을 보신 적이 있으신지요?"

"저같이 미천한 늙은이가 무슨……."

"아닙니다. 떠오르는 것이 있을 겁니다."

"허어, 참……. 정히 그러시다면 한번 같이 가 보고 싶은 데가 있긴 있습니다만……."

"그 곳이 어디입니까?"

"문둥잇골입니다."

젊은이들이 와와 웃었다.

"저놈의 늙은이가 미쳐도 보통 미치지 않았군. 아무리 그래도 부처님으로 모실 돌을 그런 더러운 곳에서 가져 올 수 있나, 원……."

"조용히 하시오!"

석공이 버럭 소리를 질렀다. 산 속의 목소리가 큰 메아 리를 깨워 놓고 있었다.

"지금 곧 관솔불을 준비하시오. 문둥잇골로 가겠소."

석공은 서둘러서 짚신을 갈아 신었다.

하늘의 무수한 별들이 관솔불 주위로 모여들었다. 그것 은 불꽃들의 행진이었다.

바위는 이 세상 모든 어둠을 감싸 버릴 것처럼 골안개 가 뭉게뭉게 일어나는 계곡에 있었다.

수백 마리의 학이 고요를 품고 앉아 있는 전나무 숲 안 에. 열댓 명의 나무꾼이 쉬어 갈 수도 있는 넓이였으며 소 나기가 쏟아져도 아늑하게 피할 수 있는 크기였다.

석공은 두 손을 모으고 바위를 한 바퀴 돌았다.

찍히고 파인 자국이 무수했다. 피고름을 닦은 듯한 흔적도 많았고, 시체를 불태우기라도 한 듯 검게 그을린 부분도 보였다.

노인이 앞으로 나서며 말했다.

"화강암입니다."

그 때 석공은 그 바위 속에서 신기루처럼 나타나는 부처님 모습을 보았다.

흔들리는 관솔불에 노인의 그림자가 길게 바위를 덮는 순간, 바위 속이 거울처럼 환하게 비춰져 보이는 것이었다.

석공은 무릎을 꿇었다. 바위 안에서 큰 미소를 띠고 앉아 있는 부처님을 향하여.

"부처님, 이제 그만 밖으로 나오십시오. 제 손을 잡으시고 이 세상으로 걸어 나오십시오."

동해의 먼동이 밝아 오고 있었다.

1981.9

나무를 때리는 아저씨

수수는 '쿵쿵' 하는 소리에 잠이 깨었다.

실눈을 뜨고 가만히 귀를 기울이자 또 한 번 쿵쿵거렸다. 벽이 흔들리고 방구들이 울릴 정도로 큰 소리였다.

수수는 무서운 생각이 들어서 옆자리의 아저씨 쪽을 보았다. 아저씨가 보이지 않았다. 아저씨가 잠자던 자리는 말끔히 치워져 이부자리가 방 윗목에 개켜져 있었다.

수수는 이불자락을 끌어당겨 머리 위로 올렸다. 그래도 '쿵쿵' 소리는 계속해서 들려 오고 그 때마다 문간집이 세차게 흔들렸다.

할아버지가 해 준 이야기 속의 도깨비들이 드디어 나타난 것일까. 그 뿔나고 눈이 튀어나온 도깨비들이 이 문간집을 떼메 가려고 저렇게 땅을 쿵쿵 찍고 있는 것인지도 모른다는 생각이 들자 수수는 숨이 막히는 것 같았다.

'아저씨는 어디 갔을까? 도깨비들한테 붙들려 간 것은 아닐까? 아냐. 외양간 소에게 여물을 갖다 주러 갔을 거야. 아니면 텃밭에 두엄을 져 내고 있겠지. 아저씨는 날마다 새벽 일찍 일어나 일을 마치고는 온몸에 두엄 냄새를 폴폴 풍기면서 들어오곤 했었으니까.'

수수는 살며시 이불 속에서 빠져 나와 쿵 하는 소리가 들려 오는 곳으로 살금살금 기어갔다.

쿵 소리는 바로 창 아래에서 나고 있었다. 수수는 손가락으로 창문에 침을 발라 구멍을 내었다. 거기에 한쪽 눈을 갖다 대었다. 그랬더니 공중으로 올라갔다 내려오는 도끼자루가 보였다.

이어서 쿵 소리가 났다. 도끼자루가 내려올 때마다 쿵쿵 벽이 울리고 방구들이 울렸다.

'나무도 없는데 무엇을 찍는 것일까?'

수수는 용기를 내었다. 창문을 빠끔히 열고 밖을 내다보았다.

'아니, 아저씨가……'

수수는 하마터면 아저씨 하고 소리를 지를 뻔했다. 아저씨는 연신 도끼질을 하면서 옷소매로 이마의 땀을 훔쳐 내고 있었다.

'무슨 일일까?'

수수는 아저씨가 무슨 일로 이른 새벽에 문간집의 땅 밑을 도끼로 내리찍는지 도무지 알 수가 없었다.

도끼질을 하고 있는 아저씨의 얼굴은 잔뜩 화가 나 있는 것처럼 보였지만 어찌 보면 잔뜩 슬퍼하는 표정 같기도 했다.

수수는 아무 말도 건네지 못하고 슬그머니 창문을 닫고는 도로 자리에 누웠다.

문간집을 흔드는 쿵쿵 소리는 한참을 더 계속되더니 날이 환하게 밝아질 무렵에야 그쳤다.

수수는 얼른 자는 척, 이불을 덮고 숨을 고르게 쉬었다.

"아아, 힘들다."

아저씨가 혼자말을 하면서 방 안으로 들어왔다.

수수는 곁눈질로 아저씨를 살펴보았다. 아저씨는 세수를 하고 온 모양인지 수건으로 얼굴과 손등을 닦고 있었다.

수수는 이불을 차고 일어나 앉으면서 물었다.

"아저씨, 왜 땅 밑을 도끼로 때렸어?"

아저씨는 눈가의 사마귀가 이마 쪽으로 올라붙을 만큼

놀란 표정을 지었다.

"자지 않고 있었구나."

"응. 집이 흔들려서 깨었어. 무서웠어."

아저씨는 입을 굳게 다물었다.

"아저씨, 얘기해 줘, 응? 왜 땅 밑을 도끼로 때렸어?"

"넌 알 것 없다. 아무것도 아니니까."

아저씨는 수건을 허리춤에 찌른 다음 밖으로 나가려고 했다.

수수는 아저씨의 허벅지를 붙들고 늘어졌다.

"난 알고 싶어. 알고 싶단 말이야."

수수는 막무가내로 떼를 썼다. 금방 울음이 터질 것 같았다.

"원, 녀석두. 그래, 그래, 얘기해 주마."

수수의 떼에 못 이겨 아저씨가 주저앉자 아저씨의 턱밑에서 수수의 두 눈이 구슬처럼 반짝거렸다.

"너, 이 문간집을 짓기 전에 커다란 느티나무가 있었던 것 생각나지?"

"으응."

그 느티나무는 이 마을에서 가장 큰 나무였다. 수수 또래 열두 명이 서로 손을 맞잡아야 겨우 닿을 만큼 덩치가 큰 나무였다.

그런데 재작년 봄이었다. 아저씨가 데리고 온 복이가 느티나무를 타다 그만 발을 헛디뎌 땅에 떨어졌다. 복이는 그 날부터 앓다가 이슬비가 하염없이 내리는 날 저녁에 이 세상을 떠나고 말았다.

그 후부터 동네 사람들은 느티나무를 가리켜 액나무라 불렀다. 나중에는 수수네 할아버지가 액나무는 베어 버려야 한다면서 아저씨와 동네 사람들을 시켜 느티나무를 잘라 버리게 했다. 그러고는 그 자리에 문간집을 지었다.

문간집은 베어 낸 느티나무 밑동 위로 벽돌을 쌓게 되었다. 느티나무 뿌리가 워낙 땅 속 깊이 뻗어 있어서 액운을 눌러야 한다는 할아버지의 명령이었다.

"그런데 왜 도끼로 땅 밑을 때려요?"

"나무 밑동을 지금 도끼로 찍어 두지 않으면 나무 뿌리가 꿈틀꿈틀 살아나기 때문이란다."

커다랗고 힘센 느티나무 밑동이 새봄이 되어 꿈틀꿈틀

살아나면 문간집의 벽돌이 뒤틀려 집이 허물어진다는 얘기였다. 그래서 아저씨가 봄이 오는 이때 나무 뿌리를 도끼로 때려서 나무 밑동이 용을 쓰지 못하게 해 놓는다는 것이었다.

'어쩌면……어쩌면 밑동만 남은 느티나무가 봄만 되면 다시 살아나려고 땅 속에서 버둥거리는 것일까. 문간집, 이 무겁고 단단한 벽돌에 깔려서도 봄만 되면 들고 일어나려는 것일까.'

수수는 더운 여름날, 동네 사람들이 느티나무 그늘에 쉬러 와서 땀을 들이던 모습이 떠올랐다. 그리고 아저씨와 동네 사람들이 하루 종일 톱질을 해서 가까스로 느티나무를 넘어뜨리던 그 모습도 눈에 선했다.

느티나무는 하늘을 향해 뻗어 올렸던 수많은 가지들과 함께 엄청나게 큰 소리를 내면서 쓰러졌었다. 그 때 웬일인지 수수는 막 눈물이 나왔었다.

"너도 어른이 되면 알게 될 거다. 사람들이란 누구나 뽑혀지지 않는 나무 밑동 같은 아픔을 갖고 있단다. 그래, 그 아픔을 느낄 때마다 나무 뿌리를 때리듯이 제 가슴을 치면서 살아가는 거란다."

수수는 아저씨가 하는 말이 무슨 뜻인지 잘 알아들을
수가 없었다. 아마도 죽은 복이 생각이 나서 하는 얘긴가
보다고 생각할 뿐이었다.

아저씨가 방문을 열자 나뭇가지에 앉지 못한 참새들의
울음소리가 날아 들어왔다.

수수는 벌띡 일어나 아저씨의 손을 잡고 밖으로 나갔
다.

1983.4

비단고둥의 슬픔

열 살하고 한 살이었을 때, 나는 밤이고 낮이고 물결이 잠자지 않는 바닷가 마을에서 살았습니다.

고만고만한 초가들이 바지락조개처럼 다소곳이 엎드려 있는 마을. 숯불 같은 빨간 꽃이 피는 동백숲 속에는 충무공을 모신 사당이 있었고, 늙은 오동나무 부부가 살고 있는 언덕배기에는 종마루가 높은 예배당이 있었습니다.

그 시절 내가 다니던 학교는 푸른 바다가 한눈에 내려다보이는 솔밭 모퉁이에 있었습니다. 원래는 충무공 사당의 별채였었는데 학교 건물이 마련되지 않아서 임시로 빌어 쓴 교사였습니다.

만조 때면 학교 뒤 벼랑을 치던 그 파도 소리가 지금도 생생합니다.

'입!' 하고 선생님이 주의를 준 뒤 조용할 때면 열어 놓은 창문 사이로 '어헤야 돼야' 로 시작되는, 고기 잡는 마을 어른들의 노랫소리가 바다로부터 아련히 들려 오기도 하였습니다.

　방학이 시작될 때나 끝났을 때에는 으레 대청소를 하게 마련이지요. 그럴 때면 우리는 창문을 떼어 들고 바닷가로 나가 바닷물로 유리를 반짝반짝 잘 씻어 오던 일을 지금도 기억합니다.

　참, 내가 다니던 학교의 운동장 동편에는 묵은 탱자나무 울타리가 있었습니다.

　가을이 오면 우리들은 노오랗게 익은 탱자를 따기 위해 탱자나무 울타리에다 우리들 주먹만한 돌멩이를 무수히 집어 던지곤 하였지요. 그런 뒤부터 나는 밤 하늘에 총총히 박힌 별을 볼 때면 어린 시절 우리가 던진 돌처럼 많은 별들이라는 생각을 한답니다.

　오월이 되면 피어나는 탱자꽃을 보았는지요? 꽃잎이 하얗고, 아기의 손톱만큼 작고 엷은 꽃인데 향기가 그만큼 짙은 꽃도 드물 것입니다.

　탱자나무 가시에다 그 작은 꽃을 꿰달고 달리는 시골 아이들을 상상하여 보세요.

　종이 대신 탱자꽃을 쓰는 팔랑개비놀이.

우리는 시작종이 울리면 그것들을 창틀 사이에 꽂아 놓고 공부하곤 하였습니다. 아아, 그러면 다도해로부터 불어 오는 바닷바람에 쉬엄쉬엄 돌아가던 탱자꽃송이. 교실 안에 은은히 번지던 그 탱자꽃향기…….

탱자꽃, 탱자꽃을 생각할 때면 으레 그 해맑은 꽃처럼 아련히 떠오르는 얼굴이 있습니다.

이름은 '서문이'라고 했는데, 나하고는 4학년 올라와서 짝이 된 사이로 마른 몸에 눈이 큰 사내아이였습니다.

부모 형제도 없이 그의 할머니가 남의 집에 품을 팔아서 살아가는 형편에 그 애는 몹쓸 병까지 지니고 있었습니다.

잘 놀다가도 게거품을 물고 땅바닥에 넘어지는 병, 그 병이 간질이라는 것을 안 것은 한참 후였습니다.

그런 그의 병을 다들 알고 있었기 때문에 서문이와 놀려고 하는 아이들이 드물었습니다.

서문이 또한 아이들과 어울리려고 하지 않았고, 혼자 응달 쪽에 우두커니 서서 남들 노는 것이나 구경할 뿐이었습니다.

그러나 이따금씩 나한테는 무엇인가를 건네 주곤 하던 서문이었습니다.

버찌나 오디를 따다가 나 몰래 내 가방 속에 넣어 놓는 가 하면 소나기가 갑자기 쏟아지는 날, 우산이 없어서 쩔쩔매고 있을라치면 어디서인지 넓적한 토란 잎사귀를 따 와 주고 가던 아이였습니다.

그리고 또 추운 겨울에는 따뜻하게 덥혀 온 돌을 내 손 위에 놓아 주기도 하였습니다. 그러면서도 내가 동화책 같은 걸 빌려 주면 기뻐 어쩔 줄 몰라하던 서문이.

어느 날이었습니다.

서문이가 우리 집으로 날 찾아와서 빌려 갔던 동화책을 돌려 주고 간 뒤…….

나는 아버지의 부름을 받았습니다.

"왜요, 아빠?"

"거기 좀 앉아라."

아버지의 얼굴은 그 어느 때보다도 엄숙하였습니다.

"너 아까 왔다 간 서문이라는 아이하고 친한 모양이 지?"

"네, 그래요, 아빠. 서문이는 나쁜 병을 앓고 있어요. 그러나 마음은 참 착한 애예요."

"나도 안다. 그러나 다음부턴 그 아이하고는 놀지 말아라. 이건 아빠의 부탁이다."

"왜요, 아빠? 서문이한테서 병 옮을까 봐 그런가요? 서문이 병은 전염되지 않는 병이랬는데요?"

"그것보다는……."

"그것이 아니면 뭐예요, 아빠?"

아버지는 담배를 피우셨습니다. 안개 같은 연기가 금방 방 안에 찼습니다.

"그 애 아빠 엄마가 6 · 25 사변 때 공산군 편을 들다가 죽었거든."

"그래서요?"

"그래서라니, 이유는 그거야. 이녀석이 언제부터 이렇게 따지는 버릇이 들었지!"

아버지는 버럭 화를 내셨습니다. 그렇게 화를 낼 일이 아닌 것 같은데도 소리를 질렀고, 마침내는 매를 들고 나의 종아리를 때리셨습니다.

서문이하고 놀지 않겠다고 말할 때까지 나는 아버지의 무정한 매를 맞았습니다.

그런 일이 있은 다음 날부터 나는 서문이를 피해 다녔습니다. 무슨 말을 걸어 와도 대답조차도 해 주지 않았습니다.

나는 늘 비바람 속에서 우는 작은 새의 울음을 듣는 것 같은 아픔을 느꼈습니다. 그것은 먼 산을 자주 보게 되는 슬픔이기도 하였습니다.

그러더니 그 해 늦가을에 아버지의 일자리가 도회지로 옮겨지게 되어서 그 아픔은 뜻하지 않게 덧이 나고 말았습니다.

토요일, 넷째 시간이 끝나고 나는 반 친구들에게 전학을 가게 되었다는 작별 인사를 했습니다.

그 때 나는 맨 뒷자리에서 물끄러미 나를 바라보던 서문이의 눈과 마주쳤습니다.

그 눈 속에는 산그리메가 멍석처럼 돌돌 말려 있는 것처럼 보였습니다.

담임 선생님 댁에 들렀다가 반장 친구 집에서 논 후 해

질녘이 되어서 돌아오는 길이었습니다.

길가에 있는 팽나무 뒤에서 불쑥 나타나는 얼굴이 있었습니다. 키가 크고 마른 서문이였습니다.

그는 호주머니 속에서 무엇인가를 꺼냈습니다. 그것은 비단고둥 껍질을 꿰어서 만든 목걸이였습니다.

"몇 개만 더 끼우면 다 되는데……. 덜 되었지만 그냥 가지고 가."

"왜?"

"선물이야."

서문이는 고개를 돌렸습니다.

"고맙다."

우리는 저녁놀 속으로 어둠이 내리는 길을 나란히 걸었습니다. 하늘 높이서 기러기 울음소리가 들렸습니다.

"나도 도시로 가고 싶다……."

"무엇 하러?"

"공장에 들어가 돈 벌어서 할머니한테 보내 드리게."

"그럼 학교 졸업하고 오지."

"그러나 나는 안 된대. 병도 있고……."

서문이는 돌을 찼습니다. 어둠 속으로 돌이 사라졌습니다. 그 때 나는 서쪽 하늘에 별이 하나 뜨는 것을 보았습니다.

우리 집이 보이는 돌담 모퉁이에 이르자 서문이는 발길을 멈추었습니다.

물기 젖은 목소리가 메아리처럼 울려 왔습니다.

"자전거 가게 같은 데 가서 일했으면 좋겠어……. 자전거 수리도 하고……. 그렇게 해서 돈 벌어 자전거를 산다면…… 자전거 뒤에 너를 태워 주고 싶어."

우리가 이사하던 날이었습니다.

신작로에서 이삿짐을 차에 싣고 있는데 선창 쪽이 떠들썩하였습니다.

어른들도 달려가고 아이들도 달려갔습니다. 무슨 일일까, 나도 쫓아가 보았습니다.

어른들 틈으로 바다에서 막 건져 올린 시체를 볼 수 있었습니다.

아, 나는 내 눈을 비비고 보고, 또 보았습니다. 서문이, 그는 틀림없는 서문이였습니다.

어른들의 말로는 바다에 조개를 주우러 갔다가 그렇게 된 것이라고 했습니다.

갑자기 발작을 일으켜서 쓰러진 모양인데 그가 채 정신을 차리기도 전에 밀물이 덮쳐 들었나 보다고…….

"아가, 저 세상에 가서는 괄시받지 말고 살아라……."

서문이의 할머니가 통곡하면서 꼭 쥔 그의 주먹을 펴 주었습니다.

아아, 그 때 나는 비밀의 문처럼 열리는, 서문이의 손바닥 안에서 보았습니다. 그것은 슬픔의 빛깔이라 할까요.

서문이가 그렇게 힘주어 쥐고 있었던 것은 작은 비단고둥이었습니다.

'저 비단고둥은……저 비단고둥은…….'

내 목걸이를 채워 주기 위하여 잡았을지도 모른다고 생각하자 나의 눈에서는 눈물이 걷잡을 수 없이 쏟아졌습니다.

그 날 밤 도시에는 천둥과 함께 큰비가 내렸습니다.

1981.7

어떤
떤
갠
날

용감하고 슬기로운 홍길동 앞에 배가 불룩한 원님이 벌벌 떨며 두 손을 싹싹 비비고 있었다.

　"오빠, 이 홍길동 영화 보여 줘, 응? 그럼 오빠 말 잘 들을게. 오빠 책상 위에도 안 올라가고 다신 잉크병도 안 가지고 놀게."

　"오빠, 내 짝 지숙이도 말야, 자기 오빠가 홍길동 영화 구경시켜 주었대. 오빠도 나 좀 데리고 가 줘. 오빠가 시키는 일이면 무엇이든지 다 할게, 응? 밤에 담배도 사다 줄게, 오빠."

　아침 저녁으로 신문 광고를 가리키며 졸라 대는 현주의 성화에 나는 견딜 수가 없었다.

　오늘은 마침 일요일이어서 점심 식사가 끝나고 난 뒤 나는 현주의 간절한 소원을 승낙해 주었다.

　현주는 손뼉을 치며 깡충깡충 뛰었다. 타이즈를 신는다, 벗는다, 다시 입는다, 손수건을 챙긴다, 내 구두를 닦는다, 내 양말을 가져온다, 그것도 모자라 이제는 골목을 뛰어다니며 아무나 붙잡고 "나 구경간다! 우리 오빠하고 홍길동 만화 영화 보러 간다!"고 떠들었다.

집을 나서자 실비가 내리기 시작했다. 실비는 우리의 머리 위에, 앙상한 가로수에, 그리고 우리를 싣고 달리는 버스 위에 가만가만 내렸다.

우리가 내린 버스 정류장 앞의 가축 병원 유리문도 실비에 젖고 있었다. 옆에 매여 있는 개도.

그 개는 불독이었다. 몸집은 송아지만했고, 시커먼 턱살이 자주 씰룩거렸다. 그 개의 밤톨만한 눈하고 부딪친 사람은 누구나 한 번씩 움찔 놀라게 마련이었다. 현주도 그랬다. 극장으로 넘어가는 육교 옆 가축 병원 모퉁이에 앉아 있는 그 개를 보고는 깜짝 놀란 듯 내 쪽으로 팔짝 뛰어들었다.

"괜찮아. 저 개는 착한 사람들은 물지 않는대."

나는 현주를 달랬다.

"오빠가 어떻게 알아?"

"가축 병원 의사 선생님한테 이야기를 들었거든."

"어떤 이야기를."

현주는 궁금했는지 내처 물었다.

"저 개가 마음씨 나쁜 자기 집 주인을 물어 버렸다는구나."

현주의 눈이 등잔만해졌다.

"그럼 미친개네. 미쳤으니까 자기 주인을 물지. 오빠, 미친개한테 물리면 무서운 병에 걸린대. 그 병에 걸리면 개처럼 컹컹 짖다가 죽어 버린대."

현주는 놀란 얼굴로 뒤를 돌아보았다. 불독은 마침 앞에 놓인 양은 그릇에 얼굴을 박고 물에 만 밥을 후적후적 먹고 있었다. 나는 현주의 팔을 잡아끌었다.

"괜찮대두. 의사 선생님이 미치지 않았다고 했단 말이야."

"미치지 않고서 어떻게 자기 주인을 물 수가 있어?"

"그 얘긴 영화 보고 난 다음에 해 줄게."

극장 안은 어린이들로 가득 차 있었다. 그들은 정의를 위하여 싸우는 홍길동에게 박수를 보냈다. 의로운 일에 앞장서거나 통쾌한 복수에 용감히 나설 때마다 '와와' 하는 함성이 터졌다. 홍길동이 어려운 일을 당할 때면 숨소리조차 들리지 않았다. 결국 영화는 홍길동이 나쁜 사람들을 많이 혼내 준다는 내용으로 마무리되었다.

그 사이 실비는 그쳐 있었다. 남산 너머로 하늘의 얼굴이 언뜻언뜻 내비치는 게 보였다.

나는 현주를 데리고 근처에 있는 제과점으로 들어갔다. 빵 두 개와 아이스크림 두 개를 시켰다. 그것들을 기다리는 동안 불독에 얽힌 이야기를 시작했다.

그 집의 담장은 아주 높았다. 그런데도 담장 위에는 뾰족뾰족한 창살이 꽂혀 있었고 쇠대문은 항시 굳게 잠겨 있었다.

불독은 어릴 적부터 그 집에서 자랐다. 고기 뼈다귀가 떨어지는 날이 없었고, 개집 속에는 전기 장판까지 깔아 주어 겨울을 모르고 지냈으며 일 주일에 한 번씩은 주인이 꼭꼭 목욕을 시켜 주었다. 어떤 때는 수위 아저씨가 뽀드득 치약으로 이빨을 뽀드득 닦아 주기까지 했다.

불독이 하는 일이란 집을 지키는 것이었다. 주인네 식

구 이외에는, 그리고 주인이 고개를 끄덕여 좋다고 한 사람을 빼놓고는 아무도 얼씬거리지 못하게 했다.

언젠가 한 번 불독이 컹컹 짖었다가 온 집안이 발칵 뒤집힌 적이 있었다. 구석구석을 다 찾아 보았지만 도둑은 커녕 쥐새끼 한 마리도 보이지 않았다. 나중에 보니 감나무 가지에 연이 하나 날아와서 걸려 있었다.

이 때부터 주인은 더욱 불독을 예뻐해 주었다. 이른 아침에는 운동복 차림의 주인과 함께 정원을 달리기도 했고, 달 밝은 밤이면 주인 아저씨의 품 속에 안겨 그의 손바닥을 핥기도 했다.

그 날 밤엔 비바람이 몹시도 몰아쳤다. 불독은 잠결에 들었다. 나뭇가지를 마구 흔들고 때리는 비바람 속에 섞여 있는 다른 소리를. 그것은 확실히 사람의 발자국 소리였다.

불독은 귀를 바짝 세웠다. 코를 벌름벌름해 보았다. 쉰 듯하고 쾨쾨한 것이 집안 사람들의 냄새하고는 전혀 달랐다.

드디어 향나무 사이를 두리번거리며 나타나는 모습이

있었다.

불독은 앞발을 모으고 허리를 낮추었다.

한 발, 한 발, 향나무를 지나서 감나무를 돌아 나오는 도둑을 향해서 불독은 냅다 뛰어올랐다.

'왕, 왕, 왕.'

허벅지를 물고 늘어졌다.

"아이쿠! 사람 살려! 사람 살려!"

도둑의 비명 소리에 집안 사람들이 다 깨었다. 수위 아저씨가 달려오고, 주인 아저씨도 아주머니도 잠옷 바람으로 쫓아 나왔다. 곧 전화가 걸리고 경찰이 찾아왔다.

"그러니까 이 개가 잡은 거로군요."

경찰관은 도둑의 두 손에 쇠고랑을 채우면서 말했다.

"그렇지요. 이놈이 어지간한 사람보다 영리합니다. 허 허 허……"

주인은 연신 불독의 머리를 쓰다듬으며 웃었다.

불독은 꼬리를 올렸다가 내리며 한 번 더 도둑을 보고 으르렁거렸다. 도둑은 기겁을 하며 경찰관 뒤로 몸을 피했다. 모여 선 사람들이 모두 웃었다.

"내일 이 개와 함께 경찰서에 오셔서 저 도둑을 조사하
는 데 협조해 주시면 고맙겠습니다."

"그럼요. 가고말고요."

주인은 불독한테 비스킷을 던져 주었다. 불독은 농구
선수처럼 껑충 뛰어서 받아 먹었다.

도둑은 고개를 숙이고 끌려 나갔다. 비바람이 더욱 거
세어졌다. 그래도 불독은 신이 났다.

수위가 막았지만 비바람 속 정원을 서너 바퀴 더 돌았
다. 그러다가 불독은 감나무 옆에서 신발을 한 짝 보았다.
신발에는 도둑의 핏자국이 남아 있었다.

이상한 일이었다. 그것을 보는 순간 불독은 비바람이
차갑게 느껴지는 것이었다.

집으로 돌아갔으나 잠이 오지 않았다. 뒤척이다가, 뒤
척이다가 날이 밝고 말았다.

식당에서 다른 날보다도 더 맛있는 고기가 더 많이 나
왔지만 불독은 입맛이 없었다.

도둑의 피 묻은 고무신짝 때문인 것 같아서 멀리 목련
나무 밑에다 물어다 버리고 왔지만 입맛은 끝내 돌아오지

않았다.

　오후였다.

　주인과 함께 불독은 자가용을 탔다. 경찰서에 도착하니 어제의 그 도둑이 두 손이 묶인 채 절뚝거리며 나왔다.

　갸름한 얼굴에 눈이 큰 소년이었다.

　조사가 시작되었다.

"무엇 하러 사장님 댁에 들어갔나?"

"아버지 치료비 구하려고요."

"아버지 치료비를 벌어야지, 도둑질을 하면 되나?"

　도둑은 고개를 들었다. 불독은 그 때 도둑의 눈에 어리는 그렁그렁한 눈물 방울을 보았다.

　수사관이 소리를 질렀다.

"사지가 멀쩡한 녀석이 뭐 할 것이 없어서 남의 집 담을 넘느냐 말이야."

"……."

"아버지는 어디가 아프신데?"

"공장의 막힌 하수구를 뚫으러 들어갔다가 온 뒤부터는 움직이지를 못합니다."

"그 공장 이름이 뭐지?"

"서름공장이라 합니다."

불독은 순간 두 귀가 바짝 섰다. 서름공장, 그 공장은 바로 자기 주인네 회사였기 때문이었다.

"제게 물어 볼 말씀은 없으시겠죠. 전 이만 바빠서……."

돌아서는 주인을 불독이 물고 늘어졌다.

"아이쿠, 사람 살려! 사람 살려!"

경찰서 안은 금방 수라장이 되었다. 주인은 이내 병원으로 실려 갔고 불독은 주인을 문 미친개라는 이유로 가축 병원으로 끌려갔다.

나는 이야기를 마쳤다. 현주의 눈에 무지개빛이 오락가락 서리는 것을 나는 보았다.

우리는 제과점을 나왔다.

육교 밑의 가축 병원 모퉁이의 그 불독은 젖은 땅 위에 누워 있었다.

나는 현주가 앞 가게로 달려가는 것을 보았다. 돌아오는 현주의 손에는 빵이 하나 들려 있었다.

현주는 아무런 거리낌없이 불독 앞의 양은 그릇에 빵을
가만히 놓아 주고 있었다.

나는 현주의 두 눈에 푸른 하늘이 가득 비쳐 있는 것을
보았다.

1980. 1

종이비행기

웅이 엄마가 무슨 일이든 잊어버리는 병을 앓게 된 것은 지난 봄부터입니다.

주인 아줌마네 집에 청소를 하러 가는 일도, 웅이의 학교 갈 채비를 거들어 주는 것도, 웅이에게 밥 주는 일도 잊어버렸습니다.

웅이 엄마는 그저 자꾸자꾸 웃기만 합니다. 얼음으로 만든 조각처럼 차가운 얼굴을 한 주인 아저씨 앞에서도 무엇이 그리 좋은지 웃고 떠드는 것입니다. 날씨가 궂은 날은 춤을 추기도 하였습니다.

그러나 웅이의 얼굴만은 잊지 않고 '웅아…….' 하고 부른 다음 물끄러미 쳐다보곤 했습니다. 이웃 사람들은 물론 의사 선생님도 그것만은 참 신기하다 하였습니다.

웅이는 병원을 나오면서 보았습니다. 엄마가 들어 있는 병원의 창마다에 눈부시게 부서지고 있는 빨간 놀.

그 뒤부터 웅이는 놀이 뜨는 저녁때가 제일 싫었습니다. 놀이 훨훨 타오르는 정신 병원의 쇠창살에 기댄 엄마가 저를 부르고 있는 것 같은 생각이 들기 때문입니다.

웅이가 이모 집으로 온 지도 벌써 석 달이 지났습니다. 그 동안 웅이는 승오랑 순희랑 가까워졌습니다.

오늘도 셋은 술래잡기를 하고 놀았습니다. 그런데 해질 무렵이 되자 웅이가 어디에 숨었는지 보이지 않았습니다.

승오가 혹시나 해서 다락에 올라가 보니 웅이는 엎드려서 무엇인가 열심히 쓰고 있었습니다.

"웅이야 무엇 하고 있니?"

"편지 쓰고 있는 거야."

웅이는 고개도 들지 않고 말했습니다.

"누구한테 보낼 건데?"

"하느님한테 보낼 거야."

"어떻게 하느님한테 편지를 보내?"

승오는 피식 웃고 혼자 가 버렸습니다.

얼마 후에 이번에는 순희가 와 보니 웅이는 아까 쓴 종이를 열심히 접고 있었습니다.

"웅이야 무얼 만드니?"

순희는 고개를 갸웃거리며 물었습니다.

"종이비행기야."

"종이비행기? 종이비행기는 왜 갑자기 만드니?"

"하늘나라로 띄워 보내려고."

"하늘나라로?"

어리둥절해 있는 순희를 비켜서 웅이는 다락에서 내려 왔습니다. 뒤도 돌아보지 않고 동산으로 올라갔습니다.

숲 너머 멀리 강줄기를 따라서 펼쳐진 시내에는 놀이 잿빛으로 사그라져 가고 있었습니다.

학교 지붕에도, 교회의 종탑에도, 그리고 공회당 지붕 에도…….

"비행기야 날아라. 하늘 끝까지……."

웅이는 종이비행기를 띄웠습니다.

그러나 종이비행기는 얼마 날지 못하고 참나무 아래에 기우뚱 내려앉고 말았습니다.

웅이는 종이비행기에 실은 소원이 너무 무거워서 그런 가 보다고 생각하고 종이비행기를 주워 와서 펼쳤습니다.

'하느님, 철호 형이 저를 미워하지 않게 해 주셔요.'

웅이는 이 소원을 지우기로 하였습니다. 철호 형이 때리는 것쯤은 참을 수 있다고 생각했습니다.

웅이는 다시 종이비행기를 접어 들었습니다. 저만큼 있는 밀밭골을 빠져 나오는 바람결에다 종이비행기를 띄웠습니다.

이번에는 제법 날았습니다. 아카시아나무들 사이를 지나서 잔솔밭에까지.

그러나 종이비행기는 개울을 건너지 못하고 왕바위 근처에 다시 주저앉고 말았습니다.

웅이는 종이비행기를 또 펼쳤습니다. 남아 있는 두 가지 소원 가운데에서 어느 것을 지울까 턱을 괴고 앉아서 생각했습니다.

마침내 웅이는 버려도 좋은 소원을 가려 냈습니다.

'하느님, 맛있는 것을 많이 먹게 해 주셔요.'

맛있는 음식이 생각나는 것쯤은 어금니를 꼭 물면 이길 수 있을 것 같았습니다.

'엄마는 주인 아줌마네 쇠고기를 구우면서도 침 한 번 삼키지 않던걸.'

웅이는 다시 비행기를 접어 들었습니다.

이제 웅이의 남은 소원은 한 가지. 이것이었습니다.

'하느님, 엄마가 언제까지나 제 얼굴을 잊지 않게 해 주셔요.'

멀리서 찔레꽃을 흔들고 건너오는 바람결에 비행기를 띄웠습니다. 종이비행기는 하늘로 날아갔습니다.

아카시아나무 숲 사이를 빠져 나가서 잔솔밭을 지나서 개울을 건넜습니다.

종이비행기를 지켜보는 웅이의 눈이 갑자기 커졌습니다.

웅이는 제자리에서 높이뛰기를 하여 종이비행기가 날아가는 곳을 바라보았습니다.

종이비행기가 산기슭의 숲 너머로 멀리 사라지고 안 보이는 것이었습니다.

웅이는 두 무릎 사이에 얼굴을 묻었습니다.

얼마 후에 고개를 든 웅이는 활짝 웃었습니다.

웅이를 부르며, 놀을 헤치고 달려오는 어머니의 얼굴을 보았던 것입니다.

어머니의 웃음진 얼굴 너머로 반짝이는 별들이 보였습니다. 그 별 사이로 종이비행기가 훨훨 날고 있었습니다.

1978.7

첫
눈

내가 어린 시절을 보냈던 우리 읍내에 난쟁이 아저씨 한 분이 계셨습니다. 이마에는 씨 뿌려 놓은 보리밭 고랑 같은 주름살이 골골이 나 있는데도 어른들 틈에 끼워 주지 않기 때문에 어린 우리들하고 곧잘 놀았습니다.

우리가 소꿉장난하기 위해 황토를 파러 갈 때도 곧잘 따라다녔으며 소꿉장난할 때 잠을 자라고 하면 정말로 코를 골면서 자 버려서 어린 우리들의 애를 태우곤 하였습니다. 아저씨는 우리들에게 봄이 되면 새싹들이 밟혀 죽으면 어쩌나 하여 살살 걸어다닐 것도 당부했지요. 그리고 겨울에는 새들한테 준다고 늘 호주머니 속에 생보리나 조를 넣고 다녔으며……

그런데 이 아저씨가 장터에 곡마단이 와서 며칠 나팔을 분 뒤에 보니 우리 곁을 떠나고 없었습니다. 한동안, 돈을 많이 받고 팔려 갔다는 난쟁이 아저씨의 소문이 우리 읍내에 자자하였습니다. 더러 아저씨를 보았다는 어른들이 생겼습니다. 하동에서, 구례에서, 멀리 순창에서도. 멋진 고깔모자에 말을 타고 가더라고도 했고, 양복에 나비 넥타이를 매고 어떤 여자하고 나란히 서 있더라고도 했습니다.

그런데 불쑥 난쟁이 아저씨가 우리 앞에 나타났습니다. 멋쟁이로 변했을 거라는 막연한 우리의 기대와는 달리 얼굴에는 그늘이 더 짙었고 신발도 검정 고무신, 예전 그대로였습니다. 한 가지 변한 게 있다면 아저씨가 이젠 장터에서 장날마다 일인 굿판을 벌인다는 사실이었습니다.

무지개떡 결 같은 광대의 옷을 입고 회초리 끝에 접시를 얹어 돌렸습니다. 입으로 불을 삼키기도 하고 내뿜기도 하였습니다. 간혹 밀가루 방귀를 뀌어서 사람들을 웃기기도 하였습니다.

그렇게 아저씨의 재주가 한 가지씩 바뀔 때마다 어른들은 손뼉을 치며 크게 웃었습니다. 나중에 난쟁이 아저씨가 땀을 옷소매로 훔치면서 절을 하면 앞에 놓아 둔 바구니에 동전들을 던져 주었습니다. 어떤 분은 지폐를 놓고 가기도 하였습니다.

그러나 아저씨의 굿판은 차츰 꽃 피워 버린 꽃대궁처럼

시들어가기 시작하였습니다. 어른들이 보이지 않았기 때문이죠. 한결같이 아저씨의 굿판을 지킨 것은 어린 우리들뿐이었습니다. 그런데도 난쟁이 아저씨는 한 가지의 순서도 빠뜨리지 않았습니다.

여전히 회초리 끝에 접시를 얹어서 돌리고 입으로 불을 삼키기도 하고 내뿜기도 하였습니다. 그 사이에 한두 번씩 밀가루 방귀를 뀌기도 하고요. 구경꾼 중에 어른들이 없는데도 여전히 절을 하였고 땀을 돌아서서 닦았습니다.

어린 우리들은 박수를 아끼지 않았지만, 그러나 난쟁이 아저씨의 바구니만은 채워 드릴 수가 없었습니다. 아저씨가 기침을 하기 시작한 것은 이 무렵부터였습니다.

아저씨의 얼굴이 차츰 납빛처럼 하얘져 갔습니다. 기침을 할 때는 수건으로 입을 막았습니다. 그럴 때면 입을 막은 수건이 봉숭아 꽃물이 드는 것처럼 불그스레해지곤 하였습니다.

처음 얼마 동안 어린 우리들은 그러한 것마저도 난쟁이 아저씨의 요술이 아닌가 하여 신기해하였습니다. 그러나 그것은 하현달처럼 야위어가는 모습이라는 것을 이내 알았습니다. 아저씨가 일인 굿판을 못 하게 되었으니까요.

어린 우리들은 난쟁이 아저씨를 찾아갔습니다. 안산 아래에 있는 향교, 그 향교의 문간방에서 아저씨는 혼자 살고 있었습니다.

인기척을 듣고 난쟁이 아저씨가 나왔습니다. 이때 역시도 아저씨는 무지개 결 같은 남루한 광대옷을 입고 있었습니다. 우리들이 가져간 고구마를 받은 아저씨가 우리들을 마루 끝에 나란히 앉히고서 퉁소를 불었습니다.

아저씨의 퉁소 소리는 오동나무 잎새를 스치고 온 실바람과 어우러졌는데 그 소리가 뒤꼍 대밭 속으로 사라지면서 어린 우리들을 막연히 슬프게 하였습니다.

우리들 가운데서 누군가가 물었습니다.

"아저씨는 그 옷이 좋아?"

"응."

"왜요, 아저씨?"

"무지개를 판박이한 천이거든."

다른 누군가가 다시 물었습니다.

"아저씨는 무지개가 소원이야?"

난쟁이 아저씨는 고개를 끄덕였습니다. 말을 꺼내려는데 기침이 먼저 나왔습니다. 쿨룩쿨룩 기침을 하고 나서 간신히 입을 열었습니다.

"무지개는 제각기 빈 마음으로 층을 이룬 거야. 그래서 아름답지. 그런데 어른들은 무엇이건 채우려고만 해. 돈도, 지식도, 명예까지도. 그러니 무지개가 이 세상에 오래 서 있을 리가 없지……."

아저씨의 눈에서 작은 별이 양쪽 뺨을 타고 흘러내려오는 것을 우리들은 보았습니다.

"돌아들 가거라. 나는 이제 구름의 그림자도 느끼는 달팽이별로 돌아가고 싶구나. 여기 지구는 오래 머물고 있을 만한 별이 못 돼. 우리 고향으로 내가 돌아가면 너희들한테 선물을 보내도록 하지."

이튿날 아침, 우리가 일어나 보니 온 세상은 첫눈으로 하얗게 덮여 있었습니다.

1993.12

코스모스

열차는 추석을 고향에서 보내고 돌아가는 사람들로 만원이었다.

차가 역에 닿을 때마다 내리는 사람은 거의 없고 타는 사람들뿐이었다.

영산포, 송정리를 거쳐서 정읍을 지날 때는 이미 객실 통로에도 들어설 틈이 없을 정도였다.

그 아이가 젊은 부부의 눈에 띈 것은 아이의 손에 코스모스 몇 송이가 들려 있었기 때문이었다. 아이는 사람들 틈에서 꽃을 다치지 않게 하려고 버둥대고 있었다.

아이가 어른들 틈바구니에서 이리저리 밀리는 것을 보다못한 젊은 부부는 그들이 앉아 있던 자리를 좁혔다. 그러고는 아이를 불러서 그들 사이에 앉도록 했다.

"서울 가니?"

젊은 부인이 먹고 있던 땅콩을 나누어 주면서 물었다.

아이가 고개를 끄덕였다.

혼자서 가는 길이냐고 물으려는데 아이가 먼저 젊은 남자 쪽을 향해서 말했다.

"아저씨, 저기 있는 소주병 제가 써도 돼요?"

젊은 남자는 병 속에 술이 남아 있지 않은 것을 확인하고는 병을 아이한테 건네 주었다.

아이가 빈 병을 가지고 자리에서 일어나더니 사람들을 헤치고 세면실 쪽으로 갔다.

얼마 후에 아이는 소주병에 물을 가득 채워 가지고 돌아왔다.

아이가 거기에 코스모스를 꽂아 창턱에 세워 놓는 것을 보면서 젊은 부부는 마주보며 웃었다.

"그 꽃 누구에게 줄 거니? 엄마?"

젊은 부인이 다시 물었다. 아이가 고개를 저었다.

"아버지?"

"선생님?"

자꾸 엉뚱한 사람만 늘어놓는 것이 속상했던지 아이가 말했다.

"스웨덴에서 온 제 동생한테 줄 거예요."

"스웨덴이라는 나라에서 왔다구?"

이번에는 젊은 남자가 물었다.

"네. 저희 엄마랑 같이 왔대요."

"저희 엄마라니? 그럼 너희 엄마가 둘이란 말이냐?"

"그래요. 영희는 스웨덴이라는 나라로 입양을 갔거든
요."

아이의 작은 입에서는 전혀 생각지도 않던 이야기가
술술 풀려 나왔다.

"우리는 판잣집이 많은 도시에서 살았어요. 나무가 하나
도 없는 돌산이 뒤에 있었어요. 이젠 동네 이름도 산 이
름도 잊어버렸어요. 아버지가 날마다 술을 마시고 들어
와서 엄마하고 크게 싸우던 것만이 생각나요. 아버지한
테 매를 맞은 엄마는 우리를 끌어안고 울곤 했어요. 어
떤 때는 집에서 나가 버리겠다고 벼르기도 했어요. 영
희와 나는 엄마가 도망갈까 봐 엄마의 치맛자락을 붙들
고 얼마나 떨었는지 몰라요. 그런데……엄마는 끝내
……."

아이가 울음을 터뜨릴까 봐 젊은 부인이 아이의 등을

쓸어 주었다. 차창으로 별이 하나 둘 나타나기 시작했다.

"그 날 밤에도 아버지가 엄마를 막 때렸어요. 이상하게
도 그 날 밤에는 엄마가 울지 않았어요. 영희와 나는 엄
마 팔을 하나씩 나눠 베고 잠이 들었어요. 근데 아침에
일어나 보니 옆자리에 엄마가 없었어요. 부엌에도 변소
에도 공동 수돗가에도 가 보았어요. 그러나 엄마는 아
무 데도 없었어요. 아침일을 나갔나 보다고 기다려도
엄마는 돌아오지 않았어요. 저녁밥 먹을 때가 지났는데
두요. 영희를 업고 버스 정류장에 나가서 막차가 올 때
까지 기다렸어요. 그래도 엄마는 그림자도 비치지 않았
어요…… 그 때부터 내 동생 영희의 별명이 울보가 됐
어요."

금강 줄기로 짐작되는 개천이 달빛 속에 떠올랐다가는
사라졌다. 산굽이를 도는지 열차는 또 한번 기적 소리를
울렸다.

"어느 날이었어요. 아버지가 시장에 가자고 했어요. 우
리는 좋아라 따라 나섰어요. 버스를 타고 내려서 한참
을 걸었어요. 또 버스를 탔어요. 처음 가 보는 굉장히

큰 시장이었어요. 아버지는 우리가 사 달라는 대로 모두 사 주었어요. 영희에겐 주름치마도 사 주었어요. 사탕을 한 봉지씩 들고 사람들이 많이 모여 서 있는 데로 갔어요. 약장수들이 원숭이를 데리고 굿을 하고 있었어요. 원숭이가 재주넘는 것을 한참 구경하다 보니 아빠가 보이지 않았어요. 그 날 울면서 아버지를 부르고 다니느라고 영희와 나는 목이 쉬어 버렸어요……."

앞자리에 앉은 한 아주머니가 '쯧쯧' 혀를 찼다. 젊은 남자가 아이의 손에 초콜릿을 쥐어 주었다.

"우리 영희가 이 초콜릿을 굉장히 좋아했어요. 고아원에서 초콜릿을 준다고 하면 울던 울음도 금방 그쳤어요. 그러나 고아원에 어디 이런 과자가 많이 있는가요? 어쩌다가 외국 손님이 오셔서 과자를 나누어 주었어요. 그러면 나는 언제나 초콜릿을 먹지 않고 숨겨 두었다가 영희한테 주곤 했어요. 그런데도 영희는 자주 엄마를 찾으며 울었어요……. 어느 날 원장 선생님이 절 불렀어요. 영희가 먼 나라로 입양 가게 되었다는 거예요. 저는 처음엔 싫다고 했어요. 우리 둘이 함께 있으면 언젠가는 엄마 아빠가 찾으러 올 거라고 우겼어요. 그 때 보모님이 말씀하셨어요. 외국에 가면 잘 먹고 공부도 많이 할 수 있고, 영희가 좋아하는 초콜릿도 실컷 먹을 수 있다고…… 그 말을 듣고 기가 죽었어요. 나중에는 응낙하고 말았어요. 잘 먹고 잘 살고 대학까지 보내 준다고 해서요."

젊은 부인이 손수건을 꺼내 눈 밑을 눌렀다. 차창으로 별똥이 흘렀다.

"영희가 떠나던 날이었어요. 저는 전날부터 잠을 자지 못했어요. 속도 모르는 영희만 침을 흘리며 잤어요. 영희가 발로 차내는 이불을 덮어 주다 보니 날이 새는 것이었어요. 나는 그 날 아침 어느 때보다 일찍 영희를 데리고 개울가로 갔어요. 그러고는 오래오래 영희의 얼굴과 목을 씻겨 주었어요. 머리도 빗겨 주고, 내 머리핀을 뽑아서 꽂아 주고…… 그러나 영희가 막상 떠날 때 보니 내 손엔 영희한테 줄 게 아무것도 없었어요. 생각다 못해 뒷마당에서 코스모스를 한아름 꺾었어요. 떠나는 영희의 가슴에 코스모스를 안겨 놓고 저는 도망쳤어요……. 멀어져 가는 차 소리를 들으며 창고 속에서 얼마나 울었는지 몰라요…….”

들먹이는 아이의 어깨를 젊은 부인이 가만히 안아 주었다.

열차는 대전을 지나고 있었다. 한참 후에 고개를 든 아이의 얼굴은 말끔히 개어 있었다.

“그래도 용케 동생을 다시 만나는구나.”

“저쪽에서 우리 고아원으로 연락이 왔어요. 영희네 새 엄마 아빠가 우리 나라 구경을 왔는가 봐요. 그 길에 영희도 왔대요. 영희네 엄마 아빠가 우리 둘을 한번 만나게 해 주고 싶다는 편지가 원장 선생님한테로 왔어요. 그런데 보내 온 사진을 보니까 저는 도저히 영희를 못 알아보겠어요. 키도 얼굴도 너무 많이 달라졌어요. 내 동생 영희가 아닌 것 같다고 하니까 원장님이 웃으셨어요. 헤어진 지 6년이나 되니 못 알아볼 것은 당연하다구요. 그런데 생각해 보니 영희가 더 나를 못 알아볼 것 같아요. 영희는 그 때 다섯 살밖에 되지 않았거든요. 그래서 이 코스모스를 가져가는 거예요. 우리는 자라서 얼굴도 몸도 변했지만 영희가 떠날 때 내가 안겨 준 이 꽃은 해마다 같은 얼굴로 피거든요."

젊은 부부도, 주위의 사람들도 소주병에 꽂혀 있는 코스모스를 보았다. 전에 없이 아름다워 보이면서도 목이 가는 것이 그렇게 서글프게 보일 수가 없는 꽃이었다.

열차가 서울역에 들어섰을 때는 차창에 어둠이 완전히 가셔 있었다.

푸르른 새벽빛이 걸쳐져 있는 육교를 지나서 출구를 향하는 아이 뒤엔 젊은 부부를 비롯한 여러 사람이 따라가고 있었다. 마치 아이를 호위하거나 하는 것처럼.

출구 밖에 늘어서 있는 마중객들과의 거리가 좁혀지면서 차에서 내린 사람들은 마중 나온 사람들의 얼굴을 찾아 서로 악수를 나누곤 했다.

아이가 막 출구를 빠져 나가는 순간이었다.

저쪽의 마중객들 가운데서 쏜살같이 달려나오는 아이가 있었다. 바른손을 마구마구 흔들면서.

아아, 깃발처럼 흔들리는 아이의 손.

두 아이의 얼굴은 코스모스에 가려 잘 보이지 않았다.

둘이 서로 끌어안는 순간 주위의 어른들은 모두 얼굴을
돌리었다.

해가 뜰 무렵이었다.

1980. 10

천사들의 합창

솔섬초등학교는 학이 불티처럼 날아와 앉는 솔밭 가운데에 있습니다.

바람이 불면 소나무가 흔들려 학교의 지붕이 보이지 않지만, 맑은 날에는 상어등 같은 용마루가 솔숲 사이로 가만히 내다보입니다.

내내 분교였다가 제 이름을 갖게 된 지 겨우 한 살밖에 안 된 학교.

소나무의 잔가지가 와 닿는 창가에서 보면 앞섬의 귀퉁이에 있는 등대 너머로 먼 수평선이 가물거립니다. 그리고 배가 지나가는 자리는 바닷물이 인두 자국처럼 은빛을 띠기도 하지요.

선생님은 교장 선생님까지 합해서 네 분. 학생 수도 적고 교실도 모자라서 1학년과 3학년, 2학년과 5학년, 4학년과 6학년이 각각 한 교실에서 사이좋게 배웁니다.

바닷가, 울타리도 치지 않은 모래밭이 곧 운동장이기

때문에 쉬는 종이 울리면 아이들은 공놀이나 고무줄놀이
를 하기보다는 물오리를 쫓아다니거나 까치집을 지으며
노는 것이 큰 즐거움입니다.

벼랑에서 꽃을 피운 풍란이 솔바람에 향기를 실어 보내
오기도 하고, '땡땡' 학교의 종 소리가 바람을 타고 거슬
러 가기도 하지요.

가끔 길을 잘못 든 물새가 열어 둔 창문으로 교실에 들
어오기도 해서 아이들의 함성을 받으며 나가는 것을 그려
보세요.

멀리 태평양으로 트인 바다 가운데에서는 돌고래가 더
러 머리를 물 밖으로 내밀어 보이기도 해서 아이들의 가
슴을 설레게 한 적이 한두 번이 아닙니다.

갑자기 학교 안이 떠들썩했습니다. 솔잎으로 귀를 후비
며 놀던 솔바람도, 모래성을 허물고 있던 잔물결도 일순 숨
을 죽였습니다. 아이들의 환호성이 너무도 컸던 것입니다.

"풍금이 왔다아!"

"어머, 풍금이 저렇게 생겼다냐?"

"조용히 해요, 조용히."

"어머, 저 소리 좀 들어 봐."

"쉬! 조용히 하라니까."

한쪽에서 풍금이 울리면 다른 교실의 아이들이 서성거리고, 또 술렁거려서 공부가 안 될 것을 아신 교장 선생님이 전교생을 운동장에 모았습니다.

그러고는 풍금을 교단 위에 올려놓게 했습니다.

급히 나오느라고 다른 아이의 신발을 신은 아이, 서로 앞줄에 나서려고 목을 움츠려서 일부러 키를 작게 하는 아이…….

그들을 정리하느라고 선생님 세 분은 한참이나 애를 먹었습니다.

드디어 키가 크고 푸석머리인 이 선생님이 교단 위에 올라가서 풍금 앞에 앉았습니다.

아이들은 숨을 죽였습니다. 어느 누구 하나 코를 훌쩍이는 아이도 없었습니다.

파도만이 제 발걸음을 소리내어 재어 볼 뿐이었습니다.

그것은 섬 아이들이 육지 꿈을 꾸다가 어슴푸레 듣는 철썩이는 소리였습니다.

밀려 오는 파도 소리를 따라 풍금이 울리기 시작하였습니다.

'도, 미, 솔, 도, 도레미파솔라시도……'

갈매기가 두 마리 용마루 위에 앉아 고개를 갸우뚱거렸고, 마을 쪽에서 아직 학교에 다니지 않는 아이들이 맨발로 달려왔습니다.

이 선생님이 처음 연주하신 곡은 '애국가'였습니다.

누구가 먼저라고 할 것도 없이 아이들은 입을 모아 노래를 따라 불렀습니다. '고향의 봄'을, 그리고 '섬아기' '이순신 장군'을 크게 크게 풍금에 맞춰 불렀습니다.

솔바람은 풍금 소리와 아이들의 노래를 사방으로 실어 갔습니다.

바닷가에서 파래를 뜯던 아주머니들이, 그물을 손보던 아저씨들이 허리를 폈습니다.

아이들이 노래를 하는 동안 교장 선생님은 발 밑에서 모래가 쓸리는 소리를 들었습니다.

학교 운동장인 모래펄에 밀물이 어느 새 다가와서 아이들의 고무신 코 언저리를 핥고 있는 것이었습니다.

선생님들은 그만 교실로 들어가자고 하였습니다.

그러나 아이들은 막무가내였습니다. 바닷물이 점점 차올라 발목을 적시는데도 움직일 줄 모르고 "선생님, 한 곡만 더요, 한 곡만 더 불러요." 하고 졸라 댔습니다.

"그러면 마지막으로 무얼 부를까?"

이 선생님이 한 곡만 더 할 생각으로 물었습니다.

"등대지기요."

뒤쪽에 선 여자 아이들 가운데서 누군가가 말했습니다.

"그래요. 좋아요."

"선생님, 등대지기 불러요."

여기저기서 손뼉을 치며 좋아라 했습니다.

누구가 시킨 것이 아닌데도 아이들은 모두 등대가 서 있는 노루섬 쪽을 향해서 돌아섰습니다.

그러고는 어느 때보다도 아름다운 목소리로 노래를 불렀습니다.

수염이 허연 등대지기 할아버지가 혼자 사는 곳.

밤이면 고기잡이 나간 아이들의 아버지와 삼촌과 그리고 언니를 위해서 불을 밝혀 주는 곳.

등대지기 할아버지가 늘 광실을 닦고 있는 노루섬을 향해서…….

'생각하라 저 등대를

지키는 사람의

거룩하고 아름다운

사랑의 마음을─'

다음 날 솔밭 근처 학교의 운동장 가에는 어디서 밀려왔는지 빠알간 해당화 꽃잎들이 악보처럼 길게 띠를 이루고 있었습니다.

1980. 6

얼음이 주저앉는 밤

남이는 눈덩이를 굴리고 있었습니다. 처음에는 사과만 하던 것이 수박만해지고 항아리만해지는 것이 재미있었습니다.

자꾸자꾸 굴리고 갔습니다. 나중에는 힘이 부쳐서 손과 발로 힘껏 밀어야만 한 바퀴를 구를까 말까 하였습니다.

길을 지나는 사람들이 남이의 속도 모르고 한 마디씩 합니다. '꼬마가 제 몸보다도 큰 눈을 뭉쳤구나.' 하고.

남이가 한참을 눈덩이 앞에서 용을 쓰고 있는데 엄마가 길 쪽에서 나타났습니다.

"남이야, 무슨 눈을 그렇게 크게 굴리니?"

"아빠 만들려고."

"아빠 만든다고?"

남이한테로 크게 다가왔던 엄마의 눈망울이 금방 하늘 쪽으로 비껴 갑니다.

남이가 엄마의 치맛자락을 잡아 흔들며 묻습니다.

"엄마, 우리 아빠 몸집이 이보다 컸지? 그지 엄마?"

"그래, 가슴이 넓고도 넓었지······. 남이야, 날도 저물고
 하니 그만 집으로 들어가자."

"싫어. 아빠 눈사람 만들어 놓고 갈 테야."

"남이야!"

 남이의 손을 잡아 끌던 엄마가 놀랍니다.

"아니, 너 맨손이잖니? 손 시리지 않아?"

"엄마가 말하니까 금방부터 시려."

"원 녀석도. 장갑도 끼지 않고 눈을 만지는 아이가 어디
 있니? 장갑 어떡했어?"

 그러나 남이는 입을 꾹 다물고 대답하지 않습니다.

"난로에 태웠니?"

"아니."

"그럼 또 잃은 게로구나."

 남이는 고개를 저었습니다.

 엄마는 남이의 손목을 잡고 저녁 불빛이 번져 나오기
시작하는 골목을 향해 걷습니다.

"말해 줘야 엄마가 답답하지 않지. 장갑 어떻게 했어?"

"엄마, 혼내지 않지?"

"그래, 정직하게 말하면 혼내지 않지."

"내 장갑은 양한테 신겨 줬어. 양이 추울까 봐."

"뭐라구? 양 발목에 네 장갑을 신겨 줬단 말이야?"

어처구니없어하는 엄마의 눈 속으로 비껴드는 별무리가 있었습니다.

양.

그 어린 양은 남이가 외가에서 얻어 온 것입니다. 양털로 좋은 옷감과 좋은 담요를 만든다는 외삼촌의 귀띔을 듣고 남이가 떼를 썼습니다. 아기양을 한 마리 달라고.

마침내 양을 안고 돌아오는 차 속에서 엄마가 남이한테 물었습니다.

"양을 키워서 무얼 할 참이니?"

그러자 남이가 까만 눈을 끔벅거리며 대답하였습니다.

"엄마, 무덤 속에 누워 계시는 아빠는 춥잖아. 불도 때지 않고 이불도 없으니까 말야. 나는 이 양을 어서어서 키워서 양털을 깎아 아빠 담요 지어 드릴 테야."

집에 돌아온 엄마는 남이한테 엄마의 헌 스웨터를 잡게

하였습니다. 그 스웨터는 남이 아빠가 엄마한테 결혼 첫해 선물로 사 준 것이어서 끔찍이도 아꼈던 것입니다. 그런데 이제는 깃도 닳고 올도 잘 풀어지는 헌 스웨터입니다. 그것을 엄마가 줄줄이 풀었습니다.

"엄마, 뭐 하려고 이 옷을 풀어?"

"나중에 말해 줄게."

기다리다가 남이는 그만 잠이 듭니다.

엄마는 남이를 무릎 위에 누이고 헌 스웨터를 푼 실로 남이의 장갑을 뜹니다.

꿈에서 양털 담요를 두르신 아빠를 만났는지, 엄마가 짜 준 장갑을 받았는지 남이의 얼굴에 웃음이 피어납니다.

엄마의 눈물 한 방울이 남이의 뺨 위에 작은 별이 되어 뚝 떨어집니다.

봄 기운이 얼음을 주저앉히는 입춘 밤입니다.

1983. 7

종이꽃에 향기 들던 날

용이는 가만히 눈을 떴습니다.

창가로 가서 조심조심 커튼을 젖혔습니다. 그러자 하늘의 별이 '왜 그러니?' 하고 깜박하였습니다.

용이는 '쉬' 하며 입술 위에 검지손가락을 붙여 보았습니다. 그러고는 살며시 저쪽 현주 누나의 잠자리를 돌아보았습니다.

현주 누나는 새근새근 잠들어 있는 것 같습니다. 용이는 빠끔히 창문을 열었습니다. 열린 틈으로 라일락꽃 향기가 솔솔 흘러들어왔습니다.

용이는 가방 속의 종이꽃을 꺼내어서 향기를 향해 휘저었습니다.

아니나다를까, 현주 누나가 눈을 뜨고 소리를 질렀습니다.

"왜 안 자고 야단이니?"

용이는 얼른 홑이불 속으로 들어갔습니다. 조금 후 용

이의 홑이불 섶은 실바람에 흔들리는 풀잎처럼 가늘게, 가늘게 떨고 있었습니다.

용이는 아침에 일어나자마자 '엄마' 하고 가만히 외워 보았습니다. 그러고는 어제 내내 연습한 대로 '엄마가 좋아.' 도 입 밖으로 내 보았습니다.

책상 앞에 앉아 있던 현주 누나가 용이를 돌아보며 물었습니다.

"누구한테 그 말 할 거니?"

"엄마한테 할 거다, 왜?"

"우린 엄마한테 마음 속으로 해야 하는 거다, 바보야."

"마음 속으로는 백 번도 더 해 보았다, 더 바보야."

용이는 현주 누나가 때릴까 봐 얼른 세면장으로 달아났습니다. 그러나 현주 누나는 갑자기 마음이 넓어졌는지 쫓아오지 않았습니다.

용이는 윗니, 아랫니 싹싹 닦고 세수를 하였습니다. 현주 누나가 간혹 바르는 크림을 살짝 찍어서 양쪽 뺨에 문지르기도 하였습니다.

아침밥을 먹고 난 용이는 아빠보다도 먼저 서둘렀습니

다. 양말을 신고 유치원복을 입었습니다. 모자를 쓰고 가방을 메었습니다.

아무도 안 보는 문 뒤로 가서는 가방을 살며시 열어 보았습니다. 종이꽃은 가방 속에서 빨갛게 웃고 있었습니다. 이 꽃은 어제 유치원에서 용이가 만든 것입니다. 선생님께서 엄마의 가슴에 달아 드리라고 하였습니다.

그러나 용이한테는 엄마가 없습니다. 언젠가 병원에 간 뒤로는 다신 용이 앞에 나타나지 않았습니다.

용이는 오후에 아빠를 졸랐던 것입니다.

"아빠, 내일 엄마한테 데려다 줘."

"왜 갑자기 엄마한테 가자니?"

"엄마날이니까. 선생님이 그러셨어. 엄마한테 감사해야 한대."

아빠는 한참 담배를 태우시다가 코 먹은 소리로 대답을 하였습니다.

"그래, 내일 가자꾸나. 엄마날이니까 용이도 엄마를 만나 봐야지."

용이와 아빠가 엄마를 만나러 가는 길은 멀었습니다. 한참 동안 차를 타고 가선 다시 차에서 내려 한참을 또 걸어 올라가야 했습니다. 산새들이 처음 보는 용이를 쪽쪼구르 쪽쪼구르 어쩌구 하면서 맞아 주었습니다.

마침내 잔디가 이제 막 나고 있는 붉은 무덤 앞에서 아빠는 걸음을 멈추었습니다. 그러고는 허리를 구부려서 용이의 초롱한 눈을 들여다보며 말하였습니다.

"네 엄마는 아픔 끝에 마음은 별이 되어 하늘로 돌아가고, 몸은 이 속에 누워 계시단다."

"이불도 없이?"

"그래, 이불도 없지…… 그러나 지금은 우리 용이가 온 것을 알고 계실 거야."

용이는 입가에 손을 모으고 불렀습니다.

"엄마!"

"엄마아."

"내가 꽃 만들어 왔어, 엄마야. 얼른 일어나 나와!"

"향기도 묻혀 왔어, 엄마아!"

아빠가 담배를 피우다 말고 물었습니다.

"향기를 묻혀 오다니?"

"아빠, 우리 집 라일락꽃은 향기가 짙잖아요?"

"그래서?"

"여기 종이꽃에 향기 들라고 밤 사이에 묻혀 왔다니까
요?"

아빠는 다시 담배를 빨아당겼습니다.

용이는 다시 무덤을 향해 소리를 지릅니다.

"암마, 빨리 나와. 엄마가 보고 싶다아."

아빠가 가만히 용이의 어깨를 끌어안으며 달래었습니
다.

"엄마를 생각해 보려무나. 벌떡 일어나 나와서 너와 이
야기하고 싶은데 그러지 못하고 용이 네 말을 메아리
로, 뒤집어 보내는 엄마의 슬픔은 얼마나 크겠니?"

무덤을 바라보며 눈물을 글썽이고 있던 용이가 아빠를
돌아보았습니다.

"아빠, 그럼 내가 엄마 말도 하여야겠네."

"어떤 말인데?"

용이는 종이꽃을 무덤 앞에 놓고, 소리를 질렀습니다.

"용이야!"

"용이야아."

"차조심해서 길 건너라잉!"

"차조심해서 길 건너라이잉!"

"음식은 꼭꼭 씹어서 먹어라잉!"

"음식은 꼭꼭 씹어서 먹어라이잉!"

구름이 산봉우리를 건너오면서 산그림자가 조용히 일었습니다. 그 자락에서 솔바람이 일어나 전나무의 높은 가지를 가만가만 흔들었습니다.

1983. 7

메리 크리스마스

메리는 요 며칠 쓰레기를 쳐 가는 청소부 아저씨를 눈여겨보았습니다. 그것은 청소부 아저씨가 수상한 눈빛으로 메리네 주인집 안마당을 흘금흘금 훔쳐보았기 때문입니다. 쓰레기통이 아닌 뜰 안쪽이나 마루 밑 등을.

'치이, 누가 모를 줄 알고.'

옆눈질을 자주 하는 사람일수록 마음에 티끌이 많다는 것을 벌써부터 알고 있는 메리였습니다.

지난 여름의 일이었습니다.

책을 한아름 안은 책장수가 찾아온 적이 있었습니다. 그 때 그 아저씨는 책을 펼치며 자랑하기보다는 이리저리 눈망울을 굴리기에 바빴습니다. 그 날 밤중에 그 아저씨가 담을 넘어 들어왔습니다. 물론 그 아저씨는 텔레비전을 들고 나가다가 메리한테 물리고 말았지만요.

그러나 청소부 아저씨는 좀처럼 밤중에 나타나지 않았습니다. 그것이 성미 급한 메리를 더욱 화나게 하였습니다. 밤잠을 번번이 설쳤기 때문이죠. 어찌나 귀를 곤두세우고 있었던지 휴지가 바람을 머금고 굴러가는 소리에도 잠이 달아나 버렸을 정도였습니다.

메리는 오늘 아침에 꾀를 하나 생각해 냈습니다. 그것은 낮에 청소부를 꾀어 들여서 겁을 한번 주자는 것이었습니다.

'혼을 한번 내놓으면 검정 마음을 싹둑 잘라 버리겠지.'

메리는 청소부 아저씨가 쓰레기를 치우러 올 시간이 되자 일부러 자는 척하고 있었습니다(다른 때는 꼬리를 잔뜩 낮추고서 으르렁거리고 있었는데).

마침 할아버지는 밖에 나가시고 할머니 혼자 안방에서 크리스마스 트리를 만드시느라 정신이 팔려 있었습니다.

청소부 아저씨는 언제나처럼 크음크음 헛기침을 하면서 대문을 열고 들어왔습니다. 그러고는 삼태기를 쓰레기통 앞에 놓고 쓰레기를 퍼 담았습니다.

메리는 실눈을 하고 있었습니다. 자는 것처럼 턱을 앞발 사이에다 묻고.

청소부 아저씨는 쓰레기를 한 삼태기 내놓고 오더니 사

방을 두리번두리번 살피기 시작하였습니다.

'옳지, 걸려드는군.'

메리는 속으로 큼큼큼 웃었습니다.

청소부 아저씨가 살금살금 고양이 걸음으로 마루 밑을 기웃거리다가 뒤꼍으로 돌아들려고 할 때였습니다.

메리는 벌떡 일어났습니다. 그러고는 '앙!' 하고 바지춤을 물고 늘어졌습니다.

"아이고, 사람 살려! 사람 살려 주시오!"

청소부 아저씨는 기겁을 하고 넘어졌습니다.

안방에서 할머니가 버선발로 달려나왔습니다.

"메리, 놓아. 놓으란 말이야."

그러나 메리는 놓아 주지 않았습니다. 나중에 화가 난 할머니가 빗자루로 머리통을 두들겼을 때에야 물러났습니다.

"청소부 아저씨 아니시우?"

"네, 네."

"그런데 왜 쓰레기는 치지 않고 뒤꼍으로 가려고 했수?"

"사…… 사실은……."

"말씀해 보시우. 우리 메리는 영리해서 괜한 사람을 물진 않는다우."

"네, 말씀드리지요. 저는 언젠가 할머니 집 쓰레기를 치우다가 예쁜 인형을 하나 주웠습니다. 하도 예뻐서 쓰레기차에 버리지 않고 깨끗이 씻어서 제 딸아이한테 가져다 주었지요."

"그래서요?"

"그런데 그 인형은 왼쪽 다리가 빠지고 없는 불구였습니다. 할머니 댁에서도 아마 그래서 버린 것이겠지요. 저희 딸아이의 소원은 바로 그 없어진 다리를 찾았으면 하는 것입니다. 마침 내일이 크리스마스거든요. 그래서 그 인형의 다리를 찾아볼까 하고 뒤꼍으로 가려던 참이었습니다. 그 인형의 왼쪽 다리를 찾는다면 저희 딸아이한테는 가장 좋은 크리스마스 선물이 될 것 같아서……."

청소부 아저씨의 눈시울이 불그레해지다 그렁그렁한 물기가 고였습니다.

"그 인형은 우리 손녀가 가지고 놀던 것인데 그 아이는 엄마 아빠를 따라 미국에 가고 없어요. 그런 일이라면 진작 나한테 물어 볼 것이지……"

메리는 마음에 잡히는 게 있었습니다.

"메리야 내가 없더라도……."

목에 울음이 걸렸는지, 지영이는 더 말을 잇지 못했습니다.

메리도 지영이의 손바닥을 혀로 핥으며 '끙끙' 울었습니다. 달빛이 시든 국화 위에, 그리고 낙엽 위에 하얗게 뿌려지던 지난 어느 가을밤에 있었던 일입니다.

메리는 지영이가 떠나고 없는 처음 얼마 동안은 그 인형을 끔찍하게 위해 주었습니다. 포근포근한 솜을 물어와서 저희 집 가장 안쪽에다 잠자리를 만들어 주었습니다. 또 행여 거미가 그 예쁜 인형에 줄이라도 칠까 봐 단단히 지켰습니다.

그러나 날이 갈수록 차츰 메리는 인형에게 싫증이 나고 말았습니다. 말을 할 줄도 모르고 장난도 않고 아무리 맛있는 음식을 주어도 먹을 줄도 모르니 싫어질 수밖에 없었습니다.

메리는 심심하면, 그리고 지영이가 보고 싶을 때마다 인형을 골려 주었습니다.

이리저리 굴려도 보고 이곳 저곳 물어도 보았습니다(그러다가 왼쪽 다리도 빠지고 말았지만).

그런데 메리를 더욱 약오르게 한 것은 인형의 표정이 바뀌지 않는 것이었습니다.

물 위에 떠오르는 수선화 꽃잎 같은 여린 웃음, 언제나 그 가물가물한 웃음 그대로였습니다.

메리는 바람이 세차게 불던 어느 날 지영이가 몹시도 보고 싶었습니다. 짖고 또 짖었습니다.

짖는 것도 지쳤을 때 애꿎은 인형에게 화풀이를 하고 말았습니다. 집 밖의 바람 속에다 내던져 버린 것입니다. 그러고는 잊고 있었는데……

메리는 뒤뜰로 달려갔습니다. 뒤뜰 어딘가에서 심술을 부리다가 인형의 다리를 뽑아 버렸던 일이 생각났던 것입니다.

메리는 뒤뜰 이곳 저곳을 뒤지고 다녔습니다. 입부리에

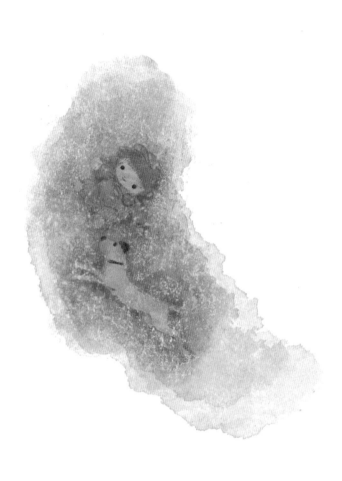

허연 서릿발이 열리도록, 그리고 발가락에 빨갛게 멍이
들도록…….

메리가 단감나무 아래 수북이 쌓여 있는 볏짚 더미 속
에서 인형의 다리를 찾아 냈을 때에는 밤이 한참이나 깊
어 있었습니다.

마침 이웃에 있는 성당에서 성가 합창이 흘러나왔습니
다.

'고요한 밤 거룩한 밤…….'

메리는 인형의 다리를 입에 물고 대문을 나섰습니다.

냄새 하나로 길을 찾을 수 있다는 것이 이때처럼 다행
스럽게 느껴진 적이 없었습니다.

잇몸에 남아 있는 청소부 아저씨의 냄새는 점점 좁은
골목 안으로 이어져 들어갔습니다. 비탈로 올라갔습니다.
이번에는 구부러져서 내리막길로 다시 휘어졌습니다.

드디어 청소부 아저씨의 내음은 산등성이에 있는 작은
판잣집 앞에서 멈췄습니다.

메리는 찢어진 문구멍 사이로 살며시 방 안을 엿보았습
니다.

메리는 그 때 처음 보았습니다. 전깃불 대신에 등잔불을 밝히고 있는 방을, 사과 상자 책상과 조각천을 이어 붙인 이불도.

지영이 또래의 아이가 조각이불 속에서 콜콜 잠이 들어 있었습니다. 목이 긴 아주머니는 바느질을 하고 있었고, 그 옆에는 낮에 메리가 혼내 주었던 청소부 아저씨가 성경을 읽고 있었습니다.

'저희가 별을 보고 크게 기뻐하고 기뻐하더라.'

메리는 그 때 문틈에 매달려 있는 낡은 양말을 보았습니다. 아마 아이가 산타클로스 할아버지의 선물을 생각하며 매달아 놓은 것인 듯했습니다.

메리는 물고 갔던 인형의 다리를 문지방에다 조심스레 올려 놓았습니다. 그러고는 비탈진 골목길을 달음박질쳐 내려왔습니다.

"메리."

저의 이름을 부르는 소리에 메리는 깜짝 놀라 우뚝 섰습니다.

"크리스마스!"

술에 젖은 아저씨가 흥얼거리며 지나갔습니다.

메리도 똑같은 소리를 내고 싶었습니다.

"멍멍, 멍멍멍멍멍!"

이토록 길길이 뛰고 싶은 행복감을 메리는 처음으로 느꼈습니다. 얼굴이 온통 눈물에 젖었습니다.

하늘에서 흰 눈이 내리기 시작하였습니다.

1979. 12

숨쉬는 돌

작은 돌 하나가 냇물 속에 있었습니다. 이웃들과 함께 흐르는 물을 받아 돌돌돌 합창하며 살고 있었습니다.

어느 날 한 아이가 아버지와 나란히 냇가에 와서 나누는 말소리를 작은 돌이 들었습니다.

"아빠, 시냇물 속에서 들리는 저 아름다운 노래는 누가 부르는 거지요?"

"이름도 가지지 못한 작고 선한 조약돌들이 부르는 거란다."

'웃기지 마.'

작은 돌은 투덜거렸습니다.

'나도 내 이름을 가지고 싶단 말이야. 냇물 밑에 깔려서 그냥 물 소리나 내게 하는 것이 아니라 흘러가는 물처럼 나도 내 마음대로 움직이는 무엇인가 되고 싶단 말이야.'

작은 돌은 하늘가로 흐르는 흰구름을 쳐다보며 자기 신

세를 한탄하였습니다.

'그런데 나는 지금 뭐야? 어쩌다 이끼라도 와서 붙는 날
이면 콕콕콕 쪼는 고기들의 간지럼이나 받고 그리고 물
고둥과 가재의 잠자리나 되어 줄 뿐 나는 그저 바보같
이 끊임없이 주기만 하지 않느냔 말이야. 아, 나도 정말
남들한테서 무엇인가를 받고 싶다⋯⋯.'

그러나 작은 돌은 10년이 지나고 20년이 지나도 좀처
럼 움직여지지가 않았습니다. 물론 큰물이 질 때가 있어
서 몇 번 굴려졌지만 그것은 귀퉁이를 조금씩 닳아지게
해서 둥글납작하게 모양만을 변하게 했을 뿐, 물 속 생활
은 내내 계속이었습니다.

'하느님께 간절히 빕니다. 저를 제발 물 밖으로 나가게
해 주세요. 이 물 속 생활이 이젠 지겹습니다.'

작은 돌은 날마다, 달마다 이 한 가지 소원만을 빌었습
니다.

작은 돌의 기도가 보이지 않는 성을 이루는 높이만큼씩
세월도 보이지 않는 걸음을 걸었습니다.

고기들이 자라서 알을 낳고, 조용히 늙고 조용히 죽어

갔습니다. 그러면 시체는 물결에 떠밀려 사라졌으며 새끼들만이 힘차게 냇물을 거슬러 올라갔습니다.

작은 돌은 더 열심히 기도하였습니다.

'편안할지언정 소리 없는 죽음은 싫습니다. 사랑하는 이의 눈물이 없으니까요. 큰 고기도 죽으면 떠밀리는 이 물 속 생활이 싫습니다. 하느님, 저의 소원을 들어 주세요.'

드디어 작은 돌의 이 간절한 소원이 이루어지는 날이 왔습니다. 냇물 위에 커다란 방죽이 생겨나서 물을 모두 가두는 통에 아래 물길이 그만 좁아지게 된 것입니다.

'아, 이제야 살 것 같군.'

냇가에 드러나 햇살을 곧바로 받게 되자 작은 돌은 친구들과 함께 함성을 질렀습니다.

'얼마나, 얼마나 기다렸던 날인가!'

저기를 보라.

풀을 뜯고 있는 어미소와 송아지 그리고 철로 위를 매끄럽게 지나가는 기차. 하얀 운동복을 입은 사람이 은빛 나는 자전거를 타고 달리는 모습. 고추밭 위를 나는 고추

잠자리, 잠자리채를 들고 발돋움하는 아이. 그리고 귓가를 스치고 가는 싱그러운 바람과…….

그러나 작은 돌의 이 즐거운 마음도 몇 해뿐이었습니다.

물 밖의 따가운 여름 햇살과 차가운 겨울 바람 때문에 그는 차츰 지치고 있었습니다. 소도 보기 싫었고, 기차 소리도 듣기 싫었습니다.

그런데 이 무렵 작은 돌한테 뭍에 정이 뚝 떨어지게 한 일이 일어났습니다.

어느 날 소가 냇가로 물을 먹으러 왔다가 가면서 똥을 누었는데 공교롭게도 그 똥 속에 작은 돌이 묻혀 버리게 된 것입니다.

다행히 며칠 뒤에 소나기가 와서 씻어지긴 했지만 돌에겐 그 일로 해서 마음에 지울 수 없는 흠집이 생기고 말았습니다.

'태어날 때부터 맑은 물로 씻어 온 내 몸인데 미련한 소라는 놈한테 더럽히다니 아, 살맛나지 않는다.'

작은 돌이 실망에 빠져 있는 동안에도 풀꽃이 피고 졌

습니다. 그리고 늦가을 바람이 부는 어느 날이었습니다.

왁자지껄하게 떠들면서 도시 사람들이 냇가로 몰려왔습니다. 그들은 이상하게 생긴 돌을 찾아다니는 사람들이었습니다.

작은 돌은 숨을 죽인 채 그들이 자기 곁으로 와 주기를 기다렸습니다.

'저 사람들 가운데 누구한테인가 뽑혀서 가게 된다면 아아, 그리고 부잣집의 찬란한 응접실에서 여러 사람의 사랑을 받고 살게 된다면……'

작은 돌은 생각만 해도 온몸이 새털마냥 떨렸습니다.

누가 집어 가 주지 않을까 가슴이 죄었습니다. 그러나 행운은 그의 편이 아니었습니다.

옆에 키다리가, 그것도 친구들 사이에서 못난이라고 불리던 검고 모난 돌이 어떤 아저씨의 환호를 받고 떠나간 뒤 냇가는 다시 고요 속에 묻혔습니다. 간혹 마른 풀섶을 지나 온 바람만이 스쳐 갈 뿐이었습니다.

작은 돌은 다시 하느님을 졸랐습니다.

'하느님, 저도 사람들의 세상으로 나가게 해 주세요. 사

랑받으며 살고 싶어요. 정말이에요. 하느님, 부탁합니다.'

기도하는 작은 돌 위로 달빛이 뿌려졌습니다. 서리가 내렸습니다. 비가 지나갔습니다.

그러던 어느 해 겨울이었습니다. 작은 돌의 귀언저리에 얼음발이 서리도록 추운 날 저녁때였지요.

한 소년이 징검다리를 건너다 말고, 다가와서 작은 돌을 집어 들었습니다. 그것은 눈 한 번 깜박하는 사이에 일어난 변화였습니다. 울긋불긋 잘 차려 입은 도시 사람의 손이 아니어서 조금은 불만이었지만 작은 돌은 남아 있는 친구들에게 으스대며 말하였습니다.

"너희들, 소가 지나갈 때는 조심해야 돼. 특히 엉덩이가 큰 황소가 울지 않고 뚜벅뚜벅 걸어갈 때는 고개를 푹 숙여야 한다."

그러나 막상 사람들의 세상에서 작은 돌을 기다리고 있는 것은 기쁨이 아닌 고통이었습니다. 소년이 그를 쇠죽을 끓이고 난 불 속에다가 파묻었던 것입니다.

비명을 지를 겨를도 없었습니다. 얼마나 정신을 잃고

있었을까요. 작은 돌이 정신을 차려 보니 고구마 냄새가 나는 소년의 호주머니 속이었습니다.

간혹 소년의 찬 손이 들어와서 그의 온몸을 싸안곤 하였습니다. 때로는 소년의 빨간 귓가로 옮겨지기도 하면서. 그제야 작은 돌은 알아챌 수 있었습니다. 가난한 집 소년이 학교길 십 리를 가면서 언 손과 언 귀를 녹이는 데 자기를 구워서 쓰고 있음을.

'그렇구나. 좋은 일이긴 한데 그러나 날마다 이런 뜨거움을 당한다면 어떡하지……'

며칠이 지났습니다.

눈보라가 치는 날이었습니다. 그 날 학교에서는 난롯불이 꺼졌습니다.

소년의 옆자리에 앉은 소녀가 손가락이 곱아서 연필을 쥘 수가 없다고 울먹였습니다.

그 때, 소년이 살며시 소녀의 책상 안으로 작은 돌을 건네 주었습니다.

소녀는 불기가 스며 있는 작은 돌에 손을 녹여서는 글을 마저 썼습니다. 오랜만에 작은 돌한테 포근함이 느껴지는 순간이었습니다.

그러나 그것도 잠깐이었습니다. 소녀가 열이 식어 버린 작은 돌을 길바닥에다 던져 버린 것입니다.

'이젠 울 힘도 없어. 하느님께 빌어 볼 염치도 없고……. 될 대로 되라지, 뭐.'

그 날부터 작은 돌은 길바닥에서 굴러다니는 신세가 되었습니다. 수많은 사람들의 발길과 자전거와 자동차에 치이고 치이면서.

냇물 속에 있을 때는 그렇게도 깨끗한 몸이었으나 사람들의 세상으로 나오면서부터는 얼룩과 먼지로 아주 볼썽사나워지고 말았습니다. 차라리 쇠똥을 뒤집어쓰고 있던 날이 훨씬 나았습니다.

아이들의 돌팔매질로 정신이 아득하게 하늘을 한번 난 다음 날이었습니다.

작은 돌을 톡톡 차는 사람이 있었습니다.

작은 돌은 술주정꾼한테서와 같이 그렇게 한두 번 채이다가 놓여나겠지 하고 생각하였습니다. 그러나 그 사람은 지독하게 외로운 것 같았습니다. 축구 선수인 양 작은 돌을 이리저리 차고 다니는 것이었습니다.

여러 돌 틈 사이에 머리를 처박고 숨어 있어도 용케 그만을 가려 내서 차고 갔습니다. 마침내 우체통 밑에까지 이른 작은 돌은 어느 때보다도 힘껏 채였습니다.

작은 돌이 눈을 떠 보니 시궁창이었습니다. 먹물보다도 진한 구정물, 그리고 썩어지고 남은 쓰레기.

'돌려 보내 줘! 내 고향으로 돌아가고 싶단 말이야!'

작은 돌은 울부짖으며 발버둥쳤습니다. 그러나 캄캄한 어둠은 꿈쩍도 하지 않았습니다. 아침이 되었는지, 저녁이 되었는지도 알 수 없었습니다.

얼마나 지났을까요?

작은 돌은 어떤 시인인 듯한 사람이 지나면서 하는 소리를 들었습니다.

"시궁창에도 별이 뜨는군."

이 날부터 작은 돌은 꾹 참았습니다. 밤이면 뜨는 별을 쳐다보면서 내일의 희망을 잃지 않았습니다.

마침내 작은 돌이 하수구를 치는 청소부 아저씨의 삽 위에 얹혀서 땅 위로 나온 날, 하늘에서는 펑펑 눈이 내렸습니다.

작은 돌은 흐느끼면서 가만가만히 기도하였습니다.

'하느님, 감사합니다. 저를 당신의 뜻대로 하세요.'

그러자 울음이 왈칵 터졌습니다. 그렇게 많은 눈물이 작은 돌 속의 어디에 있었는지 도무지 알 수 없는 일이었습니다.

돌 속의 무거움이 모두 눈물과 함께 빠져 나오는 것 같았습니다. 작은 돌은 솜처럼 가벼운 마음으로 스르르 눈을 감았습니다.

1983.1

지
평
선
의
꿈

구월 비가 촉촉히 내리는 한밤중이었습니다. 밭언덕 밑으로 흐르는 도랑에 물이 제법 불어났습니다. 그는 '이때다.'라고 생각하였습니다.

"어머니, 가겠어요."

"그래, 떠나려무나. 네가 어디에 가서 뿌리를 내리고 살는지……. 그러나 나도 지난 오월에 이 언덕으로 날아온 민들레 씨앗을 보고 많은 것을 생각했단다. 꼭 붙들고 있는 것만이 사랑이 아니라는 것을. 때로는 헤어지는 것도 사랑을 더 크게 한다는 걸 말이야."

빗발이 더 좀 굵어졌습니다. 그는 바위에서 몸을 뽑아 도랑물 속으로 슬쩍 뛰어들었습니다. 어머니의 목소리가 점점 멀어졌습니다.

"애야, 내 말 듣고 있니……. 아니 애야, 정말 떠나는 거니 애야……애야……."

그는 물을 따라 흘러가면서 이미 들어 줄 이 없는 대답을 혼자 하였습니다.

"네, 어머니. 떠나고 있어요. 어머니께서는 말씀은 그렇게 하시면서도 제가 떠나는 걸 바라지 않으시죠. 어머니의 속마음을 알아요. 그러나 이제 저는 이미 떠나온 걸요. 아, 물살이 세어져요. 내리막길이에요."

한참 후, 정신을 차려 보니 그는 어느 산굽이를 감아 돌고 있었습니다. 흘러가는 물걸음도 조용하였고 빗발도 잦아들고 있었습니다. 그는 이 산굽이가 마음에 들었습니다.

"산그림자도 짙고, 낙엽도 수북수북 내리겠지. 그래, 여기 어디에 터를 잡아야겠어."

그는 옆으로 새어 나가는 실낱 같은 물줄기에 몸을 맡기었습니다. 모난 돌에 걸릴 뻔하였지만 용케 미끄러져 나왔습니다. 나무 뿌리가 얽혀 있는 곳도 이리저리 비켜 나왔습니다. 억새가 쓰러져 있는 늪도 다행히 빠져 나왔습니다.

거기 귀퉁이에는 아늑한 기운이 있었습니다. 캄캄한 밤인데도 새 울음소리가 간혹 들려 오기도 하였습니다.

그는 보리 익는 내음이 나는 듯한 그 곳 안쪽에 자리를 잡았습니다. 그가 먼 길을 달려온 안도의 한숨을 '후유' 하고 쉬었을 때입니다.

"거기 누구요?" 하고 물어 오는 소리가 있었습니다.

"솔이끼예요." 하고 그는 소리 나는 쪽을 향해 대답하였습니다.

"어디서 오셨소?"

"저기 저 안골 밭언덕에서 왔어요."

"오오, 요즈음 들어 땅들이 자주 우는 거기에서 오셨군."

"네, 그래요. 거기서는 밭들이 어찌나 우는지 견디기가 어려웠어요. 밭들이 왜 우는지 알아요?"

"……."

"농부들이 우니까 따라 우는 거예요. 고추 풍년이 들면 고추값이 헐값이고, 양파 풍년이 들면 양파값이 거저먹기고 배추 풍년이 들면 또 품삯도 나오지 않는걸요. 오죽했으면 지난 유월 보리 벨 때에는 그냥 보리밭에 불을 놓고 말았을까요."

"그래 그 마음 알지."

"어르신은 언제 또 땅울음을 들어 본 적이 있으세요?"

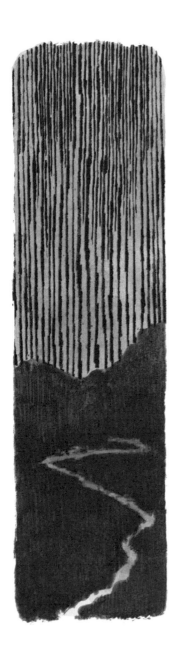

"그럼 있고말고. 난리 때는 사람들의 피를 적신 산도 들
　도 우는걸."

"아, 그런 끔찍한 일도 있어요?"

위에서는 아무런 응답이 없었습니다.

소슬바람이 한 줄기 다가왔습니다. 풀잎들이 그 바람결
에다 머리를 감는 소리가 폴폴폴 들려 왔습니다.

그 때 위에서도 바람 속에다가 살며시 말을 놓는가 봅
니다.

"땅을 울리면 벌이 내리는데……."

"그렇지요? 땅을 울리면 하늘에서 벌을 내리지요?"

그러나 대답 대신에 가랑잎이 하나 내려왔습니다.

가랑잎이 멈추기를 기다렸는지 위쪽에서 조용히 말하
였습니다.

"아직은 끝이 아니야. 더 멀리 가야 해. 푸름이 끝없는
　거기에 희망이 있어."

푸름이 새어들기 시작한 것은 이때부터였습니다. 가랑
잎 하나만큼씩 어둠이 허물어져 내리는 것이었습니다. 이
내 한꺼번에 사방이 열리었습니다. 그는 비로소 그가 밤

사이에 깃든 곳이 어디인가를 살펴보았습니다.

그 곳은 산굽이를 돌아가는 여울자락 언저리였습니다. 그리고 홀로 외로이 서 있는 돌부처님의 새끼발가락 틈이 었습니다.

그는 부끄러움에 그러잖아도 작은 몸을 더욱 움츠리었습니다.

"죄송해요. 부처님, 제가 너무 말을 많이 했어요."

아기솔이끼를 내려다보는 부처님의 입가에 미소가 번졌습니다.

먼 들녘에는 농부들이 지게를 지고, 호미를 들고 하나 둘 올라오고 있었습니다.

1983.7

별 담은 바구니

봄·여름·가을·겨울, 어느 한 철도 푸른 빛을 잃지 않는 덩굴풀이 있었습니다.

다른 풀들은 대개가 가을이 되면 속잎마저도 누렇게 시들었습니다. 그리고 겨울 동안에는 씨앗이나 뿌리로 숨을 들이마시고서 매운 바람 찬 눈을 견뎠습니다.

그러나 오직 이 덩굴풀만은 겨울 눈보라 속에 온몸을 파랗게 드러내 놓은 채로 혹독한 겨울을 나야 했습니다.

어느 날, 덩굴풀은 바로 위 언덕 벼랑에 살고 있는 소나무 아저씨한테 물어보았습니다.

"아저씨, 제 이름이 무엇인지 아세요?"

"알고말고. 인동초라고들 하지."

"인동초란 무슨 뜻이에요?"

"겨울을 참고 이겨 낸다는 말이다."

"참고 이겨 내면 뭐가 되는가요?"

"글쎄다……, 꼭 쓸 데가 있다고들 하던데……."

"고통을 받지 않고 쓰여질 수는 없는가요? 저는 다른 풀
　　처럼 겨울잠을 자지 않고 이렇게 떨면서 겨울을 나야
　　한다는 게 여간 괴롭지 않습니다."
"하기는 그래. 나는 몸집이라도 굵은 나무니까 괜찮지만
　　넌 너무도 약한 덩굴풀이야. 하지만 어른들이 말하기를
　　고통이 우리를 완성케 할 것이라더구나. 참고 살아 보
　　지."

　이듬해 겨울이 물러가자 덩굴풀은 더 많이 뻗었습니다.
꽃을 피워 향기를 날렸습니다.

　어느 꽃보다도 멀리 날아간 덩굴풀 꽃의 향기를 맡고
할머니 한 분이 찾아왔습니다. 할머니는 꽃은 꽃대로 잎
은 잎대로 땄습니다. 줄기도 땄습니다. 덩굴은 두고 가려
고 했으나 덩굴마저도 뽑았습니다. 꽃은 말려서 한약방으
로 갔습니다. 잎은 볶아서 차가 되고 줄기는 술로 담가졌
습니다. 그러면 덩굴은 어디에 쓰였을까요?

　그렇습니다. 작은 바구니로 엮어졌습니다. 인동 덩굴 바
구니는 서울에 살고 있는 할머니의 딸네 집으로 왔습니다.

　하지만 서울 사람들이 그런 바구니의 의미나 아는가요,

뭐. 그냥 무심히 한쪽켠에 치워져 있다가 플라스틱 바구니한테 밀려서 버려졌습니다.

인동 덩굴 바구니는 다른 쓰레기들과 함께 청소차를 타고 쓰레기 하치장으로 왔습니다. 그것은 곧 죽음이었습니다.

그런데 거기에도 사람들이 있었습니다. 모래 속에서 별을 캐내듯 쓸 만한 물건을 가려 내는 사람들. 그 사람들 가운데 수녀님 한 분의 눈길이 인동 덩굴 바구니에 와 머물렀습니다.

해가 뉘엿뉘엿 질 무렵이었습니다. 인동 덩굴 바구니는 수녀님의 치마폭에 안겨 작은 판잣집 안으로 들어갔습니다.

다른 수녀님이 수녀님을 반기며 말했습니다.

"어머, 수녀님, 그 바구니 참 예쁘군요."

"그렇지요? 어디 소중한 데 쓸 수 있을 것 같아서 주워 왔어요."

"그래요. 크리스마스 때 아기예수님의 구유로 썼으면 좋겠군요."

"맞아요. 우리 이 곳 작은 한 평 성당에 꼭 어울릴 구유로
군요."

아아.

인동 덩굴 바구니는 겨울 밤 하늘의 찬란한 별 하나가
기울어 드는 것을 보았습니다.

인동 덩굴 바구니의 가슴이 마침내 두근거리기 시작하
였습니다.

1983.7

어떤 귀뚜라미의 노래

조용한 시골집에 사는 귀뚜라미가 있었습니다.

여러분들은 들으셨을 줄 믿습니다. 달빛이 고요히 흘러들어가는 부엌의 살강에서 귀뚤귀뚤귀뚤 노래하고 있지 않습니까.

그런데 이 귀뚜라미가 어느 날 밤부터 노래를 뚝 그치게 되었습니다.

그것은 우연히 바퀴벌레를 만났기 때문입니다.

귀뚜라미가 물었지요.

"얘, 너는 처음 보는 얼굴이다. 어디서 왔니?"

"서울서 왔다. 왜?"

"서울이라고?"

"그래. 너는 서울도 모르냐? 사람도 많고 먹을 것도 많은 서울 말이야."

"그렇게 좋은 서울에서 어떻게 여기 시골로 오게 되었니?"

"재수가 없어 그렇게 되었어. 보온 도시락 밑에 숨어서 자고 있는데 그 도시락이 하필이면 이 집 아이한테 선물로 보내질 게 뭐람."

"참 안됐구나."

이렇게 해서 시골 귀뚜라미와 서울 바퀴벌레는 친해졌습니다.

그런데 서울 바퀴벌레와 가까워진 귀뚜라미는 바퀴벌레가 하도 서울 자랑을 늘어놓는 통에 서울 바람이 들고 말았습니다.

화려하다는 서울, 먹을 것 많다는 서울, 재미있는 것 많다는 서울, 귀뚜라미는 서울에 가고 싶어 안달이었습니다.

마침내 귀뚜라미한테 기회가 왔습니다. 귀뚜라미가 살고 있는 집에서 서울 아들에게 농사지은 것을 보내게 된 것입니다. 할머니는 쌀 말고도 아들이 좋아하는 말린 고구마대랑 무말랭이를 석작에 넣어 쌌습니다.

귀뚜라미는 재빠르게 말린 고구마대 속에 숨었습니다. 그 길로 차에 실려서 귀뚜라미는 서울에 왔습니다.

서울은 정말 화려하였습니다. 수많은 차들이 오고 갔

고, 수많은 사람들이 드나들었습니다. 전깃불이 색색으로 반짝거렸고 집들이 시골산의 나무처럼 빽빽이 들어서 있었습니다.

귀뚜라미가 도착한 집은 아파트였습니다. 부엌은 방처럼 깨끗하여 어디 숨을 곳도 마땅치 않았습니다. 시골집은 부엌이 흙이었는데 여기는 딱딱한 시멘트벽이어서 헤집고 들어갈 수도 없었습니다.

귀뚜라미는 답답하여 미칠 것 같았습니다. 시원한 바람, 흙내음, 달빛이 그리웠습니다. 밤이 되어 귀뚜라미는 하얀 플라스틱 설거지대 뒤에 숨어서 귀뚤귀뚤귀뚤 하고 슬프게 울었습니다. 마침 잠자리에 들었던 이 집 주인 남자가 귀를 기울이더니 말하였습니다.

"우리 고향에서 듣던 귀뚜라미 소린데, 아주 기분 좋군."

그러자 그 남자의 부인이 얼른 대꾸하였습니다.

"당신은 누가 시골 출신 아니랄까 봐 꼭 촌스러운 말만 하는군요. 나는 신경이 거슬려서 잠이 오지 않아요."

"뭐요? 저 귀뚜라미 소리가 신경에 거슬린다니 도대체 알다가도 모를 일이군. 나는 오히려 마음이 안정되오."

그러자 부인이 갑자기 일어나서 모기약을 들고 나왔습니다. 그리고는 귀뚜라미가 숨어서 울고 있는 설거지대를 향해 그것을 '훅' 하고 뿌려 대는 것이었습니다.

귀뚜라미는 그만 정신을 잃었습니다. 얼마나 지났는지 귀뚜라미가 정신을 차려 보니 이 집 주인이 시골에 보낸다며 마른 고구마대와 무말랭이를 넣어 왔던 석작 등을 챙기고 있었습니다.

여러분, 밤이면 가만히 귀를 기울여 보세요. 서울 가서 혼이 나고 돌아온 귀뚜라미가 자기가 잘못했던 이야기를 노래로 부르고 있으니까요.

서울이 좋다지만
모두한테 다 좋은 건 아니다
바퀴벌레한테는 서울이 좋고
우리처럼 약한 이한테는
시골이 좋다
자기 살던 데서 살면 되지
남 따라서 다닐 일은 못 된다

행복은 멀리 복잡한 데만 있지 않고

가까이 조용한 곳에도 있다

자기의 지금 그 자리에서

만족하게 살면 그것이 행복이다

1983.7

왜 동화를 쓰느냐고 물으신다면

교보문고에서 있었던 '작가와의 대화'에서였다. 독자
한 분이 "어떻게 해서 동화를 쓰게 되었느냐."고 물었다.
나는 솔직히 이렇게 대답하였다.

대학 다닐 때에 신춘문예에 투고할 소설을 쓰는데 그
소설의 서까래로 썼으면 한 삽화가 자꾸 따로 놀아서 나
중에 한 편의 동화로 완성하였다는 것을. 그런데 그 때 쓴
소설은 최종심 두 편에 나섰다가 판정패한 반면 예기치
않은 동화 쪽에서 힘차게 손이 들어올려짐으로 시작되었
다고.

나는 곁들여 이야기하였다. 후일 내가 철없이 한 스님
께 이 말을 했더니 고개를 설레설레 저으시면서 스님이

이런 말씀을 하시더라는 것을.

"아니지. 당신 가슴 속에는 당신이 태어나기 이전부터
이미 동화의 씨앗이 심어져 있었어요. 그런데 당신이
그동안 허상을 좇느라고 못 알아본 거예요. 이젠 헛눈
팔지 말고 당신의 동화밭을 일구시오."

그 날 또 젊은 독자 한 분이 나의 작가관을 듣고 싶다고
해서 이렇게 대답하였다.

아름다움이 이 세상을 구원할 것이라는 도스토예프스
키의 믿음을 나도 믿는데 나의 이 신앙은 동심(童心)이다.
흔히들 동심을 아이 마음으로만 말하나 나는 한걸음 나아
가 영혼의 고향이라고 생각한다. 이 동심으로 우리는 악
을 제어할 수 있으며, 죄에서 회귀할 수 있으며, 신의 의지
에로 나아갈 수 있다. 이 영혼의 고향(童心) 구현이 나의 작
품 세계의 기조이다, 라고.

그런데 서적상에 종사하신다는 분이 이런 말을 하였다.

"솔직히 선생님의 책이 많이 팔리는데 저는 좀 의아하게
생각하는 사람 중의 하나입니다. 선생님은 그 이유가
어디에 있다고 생각하십니까."

나는 이렇게 설명하였다.

시골 작은 웅덩이에서 고기를 잡으려고 물을 퍼낼 때 보면 흙탕물이 된 곳에서는 물고기들이 수면 위로 입을 내놓고 뻐끔거리는 것을 보게 된다. 그리고 그들은 맑은 물이 흘러드는 곳으로 모인다. 그럴 때 삼태기나 족대로 고기를 떠 잡았는데 우리 사회가 지금 웅덩이의 흙탕물처럼 혼탁되어 있다고 생각한다. 고기들이 맑은 물 있는 데로 모이듯 사회가 탁하기 때문에 내 책을 찾는 것 같다.

내 개인적으로는 사회가 흐려지면 흐려질수록 내 저서는 더 많이 나가서 부자가 될 것 같은데 그것은 인류를 위해선 불행한 일이라고 생각한다. 내 동화 속 내용 같은 세상이 이루어져서 내 책이 필요치 않은, 곧 내가 동화를 써서 팔 수 없어 망하게 되는 동화세상이 하루빨리 오기를 기다린다.

이 말을 하고 나서 나는 가장 많은 박수를 받았던 것으로 기억한다.

왜, 어떻게 동화를 쓰느냐고 묻는 분들이 종종 있어서

이 기회에 간단한 것을 밝혔다.

　끝으로 이렇게 멋진 책으로 꾸며 준 가까운 분들께 감사한다.

1993년 12월

정 채 봉

정 채 봉

　1946년 전남 순천 바닷가 마을에서 태어났습니다. 수평선 위를 나는 새, 바다, 학교, 나무, 꽃 등 작품 속에 많이 등장하는 배경이 바로 그의 고향입니다.

　어머니가 스무 살 꽃다운 나이로 세상을 버린 후, 아버지 또한 일본으로 이주하여 거의 소식을 끊다시피 해서 할머니의 보살핌 속에 유년 시절을 보냈습니다.

　어린 시절 정채봉은 내성적이고 심약한 성격으로 학교나 동네에서도 맘에 맞는 한두 명의 친구가 있었을 뿐 또래 집단에 끼이지 못하고 혼자 우두커니 앉아 바다를 바라보는 시간이 많았다고 합니다. 어린 정채봉은 그렇게 상상의 나래를 펼쳐 나무와 풀, 새, 바다와 이야기하고 스스로 전설의 주인공이 되어 보기도 하는 '생각이 많은 아이'였습니다. 이른바 결손 가정에서 성장한 소년의 외로움은 오히려 그를 동심, 꿈, 행복을 노래하는 동화작가로 만들었던 것입니다.

고등학교에 들어간 정채봉은 온실의 연탄 난로를 꺼트려 관상식물이 얼어 죽게 만드는 사고를 치고 이내 학교 도서실의 당번 일을 맡게 되는데 이것이 그를 창작의 길로 인도하게 됩니다.

성장기 할머니 손을 잡고 '선암사'에 다닌 후로 줄곧 정채봉의 정서적인 바탕은 불교적인 것이었으나, 1980년 광주 항쟁 이후로 가톨릭에 귀의하여 가톨릭 신앙은 불교와 함께 정채봉의 작품에 정신적인 배경이 되었습니다.

동화작가, 방송 프로그램 진행자, 동국대 국문과 겸임교수로 열정적인 활동을 하던 정채봉은 1998년 말에 간암이 발병했습니다. 투병중에도 손에서 글을 놓지 않았으며 삶에 대한 의지, 자기 성찰을 담은 에세이집『눈을 감고 보는 길』과 환경 문제를 다룬 장편동화『푸른 수평선은 왜 멀어지는가』, 첫 시집『너를 생각하는 것이 나의 일생이었지』를 펴내며 마지막

문학혼을 불살랐습니다.

평생 소년의 마음을 잃지 않고 맑게 살았던 정채봉은 사람과 사물을 응시하는 따뜻한 시선과 생명을 대하는 겸손함을 글로 남긴 채 2001년 1월, 동화처럼 눈 내리는 날 짧은 생을 마감했습니다.

1946	전남 순천에서 출생
1971	동국대학교 국문과 입학
1973	동화 '꽃다발'로 동아일보 신춘문예 동화부문 당선
1975	동국대학교 국어국문과 졸업
1978	월간 '샘터' 편집부 기자
1982	샘터사 기획실장
1983	대한민국문학상(동화부문) 수상 『물에서 나온 새』
1984	한국잡지 언론상(편집부문) 수상 월간 '샘터'
1985~1986	샘터사 출판부장
1986	제14회 새싹문학상 수상 『오세암』
1986~1995	샘터사 편집부장
1988	초등학교 교과서 집필위원
1988~2001	동화사숙 문학아카데미에서 후학 양성
1989	불교아동문학상 수상 『꽃 그늘 환한 물』
1991	동국문학상 수상 『생각하는 동화』
1990~1997	평화방송 시청자위원
1991~1997	동아일보 신춘문예 심사위원
1990	세종아동문학상 수상 『바람과 풀꽃』
1992~1997	공연윤리위원회 심의위원
1995~2001	계간지 문학아카데미 편집위원
1995~2000	조선일보 신춘문예 심사위원
1995~1996	샘터사 기획실장(이사대우)
1996~2000	샘터사 주간
1998~2001	동국대학교 문예창작과 겸임교수
2000	제33회 소천아동문학상 수상 『푸른 수평선은 왜 멀어지는가』

2000~2001	샘터사 편집이사
2001.1.9	별세
2001	『물에서 나온 새』 독일어판 출판
2002	『오세암(마고21)』 애니메이션 상영
2004	애니메이션 『오세암』 프랑스 안시 국제애니메이션 페스티벌 대상 수상
2005	성장소설 『초승달과 밤배』 영화 상영

 정채봉의 작품들

1983	물에서 나온 새 샘터	대한민국문학상(동화)
1986	오세암 창작과비평사	새싹문학상
1987	초승달과 밤배 1,2 까치
1987	멀리 가는 향기 샘터
1988	내 가슴 속 램프 샘터
1989	꽃 그늘 환한 물 문학아카데미	불교아동문학상
1990	바람과 풀꽃 대원사	세종아동문학상
1990	향기 자욱 샘터
1991	나 샘터
1992	이 순간 샘터
1993	돌 구름 솔 바람 샘터
1994	참 맑고 좋은 생각 샘터
1995	나는 너다 샘터
1997	눈동자 속으로 흐르는 강물 문학아카데미
1988	숨쉬는 돌 제삼기획

그림 김동성 • 1970년 부산에서 태어나 홍익대학교 동양화과를 졸업했습니다. 그린 책으로는 「삼촌과 함께 자전거 여행」「북 치는 곰과 이주홍의 동화나라」「메아리」「비나리 달이네 집」「한국생활사박물관」 등이 있으며 그림책 「엄마 마중」으로 백상출판문화상을 수상하였습니다. 현재 광고, 카툰, 애니메이션 등 다양한 분야에서 작품 활동을 펼치고 있습니다.

http://kds.psshee.com

정채봉전집중단편1

물에서 나온 새

1판 1쇄 발행 2006년 9월 20일 | 1판 2쇄 발행 2019년 3월 20일

글쓴이 · 정채봉 | 그린이 · 김동성 | 펴낸이 · 김성구

편집 · 임선아 송은하 | 디자인 · 윤희정
마케팅 · 최윤호 나길훈 유지혜 김영욱 | 제작 · 신태섭 | 관리 · 노신영
인쇄 · 태웅인쇄 | 제본 · 비춤바인텍 | 용지 · 월드페이퍼
펴낸곳 · (주)샘터사 | 등록 · 2001년 10월 15일 제1-2923호
주소 · 서울 종로구 창경궁로35길 26 2층 (03076)
전화 · (02)763-8963 아동서팀 (02)3672-1873 마케팅부 | 팩스 · (02)3672-1873
e-mail · kidsbook@isamtoh.com

ⓒ글 · 김순희, 그림 · 김동성, 2006
ISBN 89-464-1637-8 04810 ISBN 89-464-1649-1(세트)

이 도서의 국립중앙도서관 출판시도서목록(CIP)은
e-CIP 홈페이지(http://www.nl.go.kr/cip.php)에서
이용하실 수 있습니다. (CIP제어번호 : CIP2006001964)